人間失格

にんげんしっかく

太宰治——著　劉子倩——譯

我二十出頭在陽明山
小小破爛學生租屋
讀了太宰治的《人間失格》
當時只覺得我的腔體
無法承受那貫入的颶風
那宇宙最遠邊際　某顆星球
那無垠的　純淨的黑
那像眼球水晶體全淹流出輝煌的哀傷
我衝出小屋　在暴雨如傾的空山狂走
我再也沒有遇到一本小說
能給我這樣全然的翻覆　狂騷　靈魂整個焚燒
明明是跌到人世的地板之下之外
卻贈與了我「文學該是這麼純質之瘋狂」的啟蒙

駱以軍

目錄

前言

那個男人的照片，我見過三張。

一張，或許該稱為那個男人的幼年時代，估計是他十歲左右的照片，只見小孩被一大群女子圍繞（可以想像，他們是小孩的姊姊妹妹以及堂姊妹），站在庭園的池畔，身穿粗條紋日式裙褲，頭朝左邊傾斜三十度，是張笑得很醜的照片。很醜？然而，遲鈍的人們（換言之，是對美醜漠不關心的人），還是一臉索然無趣地隨口講出客套話：

「是個可愛的小弟弟。」

這倒也不全是恭維，至少在小孩的笑臉上的確還是有一般人所謂「可愛」的影子，但哪怕是一丁點，只要是受過美醜訓練的人，看一眼，立刻就會極為不快地嘀咕：

「怎麼有這麼討厭的小孩。」

說不定還會以拍開毛毛蟲的動作扔掉那張照片。

的確，小孩的笑臉，越看越令人感到一種不明所以、詭異的陰森感。因為那終究並非笑臉，那個小孩一點也沒笑。最好的證據，就是他握緊兩隻小拳頭站立。人不可能一邊握緊拳頭一邊笑，那是猴子、是猴子的笑臉。他只是在臉上擠出醜陋的皺紋罷了，甚至令人想稱為「皺巴巴的小老頭」，他的表情非常奇妙，而且有點猥瑣，那是張令人莫名反胃的照片，過去，表情這麼不可思議的小孩，我從來沒見過。

第二張照片中的臉孔，又是令人大吃一驚的徹底變貌。那是學生的裝扮，雖不確定是高中還是大學時的照片，總之是個美貌驚人的學生。然而，這張照片同樣很不可思議地完全感覺不出是個活人。只見他身穿學生服，胸前口袋露出白色手帕，坐在籐椅上蹺著二郎腿，並且和上一張照片一樣在笑。這次的笑臉，不是皺巴巴的猴子笑臉，已變成相當有技巧的微笑，但那和人類的笑好像還是有點不同。絲毫沒有可稱為血肉的重量或者生命苦澀的那種充實感，看起來不像鳥，倒像羽毛一樣輕盈，只是一張白紙，而且他正在笑。換言之，從頭到腳都像是人造品。說他做作也不是、說他輕浮也不是、說他皮笑肉不笑也不是，說他瀟灑帥氣，當然也嫌不夠貼切。而且，仔細一看，這個俊美的學生，同樣讓人感到有點靈異怪談的陰森詭異。過去，如此不可思議的俊美青年，我從來沒見過。

還有一張照片，是最古怪的。完全看不出他的年紀，頭髮好像有點花白。而且是在非常破舊的房間（照片清楚地拍出，房間牆壁有三個地方都崩塌了）角落，兩手高舉小火盆，這次他沒有笑、沒有任何表情。說穿了，彷彿坐著雙手高舉火盆就這麼自然死去，是一張帶有極端不祥氣息的照片。古怪的地方不僅如此，那張照片中，臉算是拍得很大，因此我可以仔細檢查臉孔的構造：額頭很平凡，額頭的皺紋也很平凡，眉也平凡、眼也平凡，鼻子、嘴巴、下顎皆平凡。唉，這張臉不僅沒有表情，甚至無法令人留下印象。根本沒有特徵，也就是說，我看了這張照片之後閉上眼，立刻就會忘記這張臉。我可以想起房間的牆壁與小火盆，對那個房間主人的印象卻已煙消霧散，無論如何，怎麼想就是想不起來。那是無法入畫的臉孔，是無法畫成漫畫的臉孔。我睜開眼，也沒有那種「啊！原來是這樣的一張臉，我想起來了！」的喜悅。說得極端一點，縱使睜開眼再次看到那張照片，我還是想不起來。而且，只覺得不愉快、很反感、忍不住想撇開眼。

即使是所謂的「死者遺容」，想必也比他更有表情與印象，如果在人的身體安上劣馬的腦袋，或許就會是這種感覺？總而言之，說不上來哪裡不對，就是有種讓觀者毛骨悚然的不快。過去，這麼不可思議的男人面孔，同樣地，我一次也沒見過。

第一手記

我的過往人生充滿恥辱。

於我而言，所謂的常人生活難以理解。我生於東北的鄉下，因此初次看到火車時，已經年紀很大了。我在火車站的天橋跑上跑下，壓根沒發現那其實是供人跨越鐵軌而建造，一心只以為火車站全域就像外國的遊樂場，是為了更複雜地找樂子、趕時髦才配備的東西。而且，我有很長的期間一直這麼以為。在天橋上上下下，對我而言，只是個時髦的遊戲，即便在鐵路各項服務中，我認為也是最貼心的一種，後來發現那只不過是讓旅客跨越鐵軌用的實用樓梯，頓時大感掃興。

還有，小時候，在圖畫書上看到地下鐵路這種東西，我同樣不知道那是基於實用必要而發明出來的，滿心只以為比起搭乘地面上的車，搭乘地下的車子更特別，是一種好玩的遊戲。

我從小就體弱多病，經常臥病在床。躺在床上，我深深感到床單、枕套、被套都是無聊的裝飾品，直到快二十歲時才明白，那些其實都是實用品，人類的寒酸令我黯然不已，深感悲傷。

還有，我也不知何為饑餓。不，我並不是要強調自己在不愁吃穿的家庭長大，不是那麼可笑的意思，我只是完全不懂「饑餓」是什麼樣的感覺。這麼形容或許奇怪，但即便肚子餓，我也不會自己發現。猶記小學與中學時，當我放學回來，周圍的人總會對我說：「看吧，肚子餓了吧？我們小時候也有經驗喔，放學回來餓得可慘了，要不要先吃點甘納豆？也有蜂蜜蛋糕和麵包喔。」被他們這麼七嘴八舌地一說，我也發揮與生俱來的逢迎精神，咕噥著肚子好餓，往嘴裡塞了十顆甘納豆，但饑餓是什麼感覺，我其實一點也不明白。

當然，我也吃了不少東西，只是記憶中幾乎完全沒有因為饑餓才進食的經驗。我會吃看似稀奇的珍饈，也會吃看似豪華的大餐。同時，在外用餐端上桌的東西，哪怕很勉強，我多半也都會吃掉。對於小時候的我而言，最痛苦的時刻，其實是自家的吃飯時間。

在我們鄉下的家裡，是全家十來口一齊用餐，每個人的餐盤排成二列面對面，身為老么的我，當然敬陪末座，那間吃飯的房間光線昏暗，午餐的時候，全家十幾人默默用餐的情景，每每讓我不寒而慄。而且那是鄉下的傳統家庭，菜色通常一成不變，什麼稀奇菜色、豪華菜色一概無法奢望，因此我逐漸對用餐時刻感到恐懼。我坐在那陰暗房間的末端，冷得渾身發抖，一點一點地把飯送到嘴邊，吞嚥下去，人為什麼一天非要吃三次飯呢？只見大家都一臉嚴肅地進食，而且這似乎是一種儀式，全家人一天三次在既定的時刻齊聚在某個昏暗的房間，井然有序地排好餐盤，即使不想吃也默默咀嚼米飯，低頭不語，我甚至想過，這或許是為了躲在家中暗處蠢動的鬼魂祈禱。

「不吃飯就會死。」這種話在我聽來，只是討厭的嚇唬之詞。然而，那種迷信（至今，我還是覺得那好像一種迷信），每每帶給我不安與恐懼。人不吃飯就會死，所以才不得不工作、吃飯，沒有任何話比這更晦澀難解而且帶有威脅的味道。

換言之，或許可以說，我至今還是完全不懂人類的行為。自己的幸福觀念，與世間眾生的幸福觀念，似乎扞格不入，這點令我惶惑不安，我因那種不安夜夜輾轉反側，呻吟不已，甚至幾欲發狂。自己到底幸不幸福呢？從小就常有人說我很幸福，可我總覺得自己身在地獄，反而是說我幸福的那些人，在我看來遠遠比我安樂到難以比較的地步。

我甚至曾經想過，自己身上如有十個災禍，哪怕只是其中一個，若讓周遭的人來背負，恐怕光是那一個就足以奪走他們的性命。

換言之，我不懂。周遭眾人痛苦的性質與程度，我完全沒有概念。那是實際的痛苦，是只要能夠吃飽飯便可解決的痛苦，然而那或許才是最強烈的痛苦，強烈到足以將我的十個災禍輕易吹走，是淒慘的阿鼻地獄。對於那個，我不懂。但若真是如此，虧他們能夠不自殺、不發狂地談論政黨、不絕望、不屈服地繼續生活奮鬥，難道他們都不痛苦嗎？他們徹底變成利己主義者，而且堅信那是理所當然。想必從來不曾懷疑自己吧？若是如此，倒也輕鬆，但是芸芸眾生，難道皆是如此？而且認為那就是百分百圓滿？我不懂……他們會在夜晚呼呼大睡，早晨神清氣爽嗎？他們做了什麼樣的夢？他們走在路上都在想什麼？金錢？應該不可能只有那個吧，人是為吃飯而活的說法好像聽說過，但為金錢而活的說法，倒是不曾聽過。不，不對，那要看是什麼事……不，那也難講……越想，我就越不明白，好像只有自己一個人特別怪，不禁滿心不安與恐懼。我幾乎無法與周遭的人對話，因為我不知道該說什麼，從何說起。

這時我想出的主意，是搞笑扮演丑角。

那是我對人們最後的求愛，我雖極度怕人，卻又好像無法徹底對人死心。於是，我藉由這扮演丑角的方式勉強得以與人們維持一絲關連。表面上，我隨時面帶笑容，內心卻是卯足全力，那才真的是堪稱千次難得成功一次，是戰戰兢兢捏著冷汗在討好他人。

從小，即便面對自己的家人，我也壓根不知道他們是如何痛苦，又是想著什麼在過生活，我只是很害怕，無法忍受那種尷尬，所以打從那時我就已經很會搞笑了。換言之，我在不知不覺中，成了滿口謊言的孩子。

看看當時與家人合照的照片，其他人全都神情正經，唯有自己，總是古怪地笑著擠眉弄眼，這同樣也是自己幼稚可悲的一種耍寶方式。

而且，當我被家人指責什麼時，我從來不會回嘴。那寥寥幾句怨言，對我卻如雷霆霹靂般猛烈，令我幾乎發狂，我不僅不敢回嘴，甚至認定那些指責肯定才是人類萬世以來一脈相承的「真理」，然而我無力實行那種真理，所以恐怕已無法再與他人同住了。因此，我不敢與人爭論也無法替自己辯解。被人責罵批評時，我會覺得對方罵得有理，簡直對極了，自己的確犯了嚴重的錯誤，於是我總是默默承受那種攻擊，內心湧出發狂般的恐懼。

無論是誰，被人指責或怒罵時大概都不會有好心情，但我在他們憤怒的臉上，看到比獅子、鱷魚、巨龍更可怕的動物本性。平日，他們好像極力掩藏那種本性，卻在某種契機下——比方說，草原上溫馴躺臥的牛，突然尾巴一甩狠狠拍死肚子上的吸血蠅——不意間在憤怒下曝露可怕的真面目，那每每讓我看了之後毛髮倒豎，不寒而慄，想到這種本性或許也是人們生存的資格之一，我幾乎對自己感到絕望了。

面對他人，我總是怕得發抖，而且對於自己身為人類的言行，我毫無自信，只能把自己的懊惱藏在心中的小盒子，將那些憂鬱、神經質深深掩埋，表面上始終裝作天真無邪、一派樂觀，於是逐漸把自己塑造成裝瘋賣傻的怪胎。

怎樣都行，只要能逗人笑就好。這樣的話，人們對於我遊走在他們所謂的「生活」之外，想必也不會太在意了吧？總之我絕不能成為他人的眼中釘，我是無、我是風、我是空。這樣的念頭越來越強烈，我藉由耍寶逗家人發笑，甚至當我面對比家人更難理解、更可怕的男傭與女傭，也拚命搞笑討好他們。

夏天，我在浴衣底下穿紅色毛衣漫步走廊，惹得全家大笑。平日不苟言笑的大哥，見了也忍俊不禁，

「阿葉，那樣不大合適。」

他用那種覺得我傻呼呼、真可愛的口吻說。其實說穿了沒什麼，我當然也不是那種大熱天還穿著毛衣到處走，不知冷熱的怪人。我只是在雙臂套上姊姊的毛線襪套，自浴衣的袖口露出一截，假裝穿著毛衣罷了。

我的父親，經常要去東京辦公，因此他在上野的櫻木町有幢別墅，一個月有大半時間都住在東京的那間別墅。每次他回來，總會給家人及親戚買來大量的伴手禮，說來那是父親的嗜好。記得有一次，父親在前往東京的前一晚，把孩子們都叫到客廳，笑著一一詢問大家希望他下次回來時帶什麼樣的禮物，再把孩子們的答覆一一寫在記事本上。父親與孩子如此親近，是很罕見的事。

「葉藏你呢？」

問到我時，我結巴了。

被問起想要什麼？頓時，我什麼也不想要了。倏然閃過的念頭是：無所謂，反正也沒有任何東西可以讓我快樂。但同時，別人給的東西，就算再怎麼不合自己的喜好，我也無法拒絕。討厭的事不敢說討厭，同樣的，喜歡的事，也只能畏畏縮縮、偷偷摸摸，嘗到極苦澀的滋味，為那難以言喻的恐懼而苦惱。換言之，我連二選一的能力都沒有，這種性格想必是日後造成自己所謂「人生充滿恥辱」的重大原因之一。

見我沉默不語、扭扭捏捏，父親略顯不悅，

「又是書嗎？淺草寺參道的商店有賣可以讓小孩戴著玩的那種新年舞獅，你不想要嗎？」

被直接問到「不想要嗎」，我就沒轍了。我根本無法再嘻皮笑臉地回答，我這個丑角，完全不及格。

「還是書比較好吧。」

大哥一本正經地說。

「這樣啊。」

父親一臉掃興，也不做記錄了，啪地將記事本合起。

這是何等失策！我竟然惹惱了父親，父親的報復手段肯定很可怕，能否趁現在設法挽回呢？那晚，我在被窩中渾身發抖地動腦筋，最後悄悄起床去客廳，拉開父親之前放記事本的桌子抽屜，取出記事本，翻開之後，找到記禮物的地方，舔濕記事本夾的鉛筆頭，寫上「舞獅」之後才回去睡覺。其實我一點也不想要那種舞獅。書本反而更合乎我的需要，但我察覺父親有意買那個獅子給我，為了迎合父親的意思、討好父親，我才會刻意在深夜冒險潛入客廳。

而我這種非常手段，果然得到預期之中的大成功。後來，父親從東京回來，我在自己的房間，聽見他大聲對母親說話。

「我在參道商店街的玩具店，翻開這記事本一看，妳看這個，這裡寫著舞獅。這根本不是我的字跡，我起先還挺納悶，然後才想到。這八成是葉藏的惡作劇，那小子，我問他的時候，他還笑嘻嘻地不吭氣，一定是事後想想怎麼也捨不得那種獅子。畢竟，這小子一向古靈精怪。他假裝若無其事，卻精明地寫上去。既然那麼想要，直說不就好了。我在玩具店門口好氣又好笑，快把葉藏叫過來！」

另一方面，我把男傭、女傭都叫到西式房間，讓其中一名男傭亂敲鋼琴鍵（雖是鄉下，但在那家中，一般東西大抵都有），自己再配合那亂七八糟的曲調大跳印第安舞，逗得大家哈哈大笑。二哥還用閃光燈拍下我的印第安舞姿，看到洗出來的照片上，我的腰布（那其實是印花布做的包袱巾）交疊之處露出小雞雞，又逗得全家大笑。對我而言，這或許堪稱一次意外的成功。

我每個月都會買十本以上的當期少年雜誌，除此之外，也從東京訂購各種書籍默默閱讀，所以什麼《阿里不達博士》，還有什麼《無厘頭怪博士》等等的故事我都很熟悉。此外，舉凡怪談、話本、落語、江戶趣談之類，我也經常接觸，所以我總是一本正經的說出俏皮話逗得家人發笑。

但是唉，學校！

我在那裡受到尊敬，受到尊敬這個概念，同樣讓我異常驚恐。我對「受到尊敬」這種狀態的定義是：本來幾乎已完全唬住別人，結果卻被某個全知全能的人物識破，被整得灰頭土臉，蒙上生不如死的恥辱。縱使我欺騙別人「受到尊敬」，也會有某人知道真相，之後當其他人從那個人口中得知真相，察覺自己受騙，屆時人們的憤怒與報復不知會有多麼可怕。光是想像，就已讓我寒毛倒豎。

比起生於富豪之家這件事，我毋寧是因為俗稱的「成績優秀」獲得全校的尊敬。我從小體弱多病，經常缺課一、兩個月，甚至將近一整個學年臥病在床無法上學，即便如此，當我大病初癒後坐人力車去學校參加期末考試，好像還是比班上任何人都「成績優秀」。身體好的時候，我也壓根不做功課，就算去上學，上課時間也在畫漫畫，下課就拿著那些漫畫講解給班上同學聽，逗得他們哈哈笑。此外，即使作文課都在寫滑稽故事，遭到老師警告，還是依然故我。因為我知道，老師其實也等著看我寫的滑稽故事。某日，我照例又把我跟著母親去東京的途中，在火車車廂走道的痰盂撒尿出洋相的糗事（不過，那次去東京時，我並非不知道那是痰盂，我是為了表現小孩的天真無邪故意那麼做），以格外悲慘的筆觸寫成文章繳交，我有自信老師一定會笑，於是等老師回辦公室後，我偷偷跟在後面，眼看著老師一走出教室，立刻把我那篇作文從其他同學的作文中挑出來，在走廊上邊走邊看，吃吃偷笑，等到他走進辦公室時大概是看完了，只見他滿臉通紅放聲大笑，還立刻給其他老師看那篇作文，我這才心滿意足。

調皮鬼。

我成功地讓人視我為調皮鬼，我成功地擺脫受人尊敬的待遇。我的成績單上所有的學科都是滿分十分，唯獨操行這一欄，不是七分就是六分，那再次引起全家大笑。

但我的本性與那種調皮鬼恐怕正好相反，當時我已被女傭及男傭教唆，被可悲的醜事褻瀆。現在的我認為，對未成年人做那種事情，是人類所有犯罪中最醜惡、下流、殘酷的。但是，當時的我忍住了。甚至覺得這也算是見識到一種人類的特質，然後無力地笑了。假使我平日就有說真話的習慣，或許還可以毫不遲疑地向父親、母親告發他們的罪行，可惜我對父親與母親也無法完全理解。我對於向人申訴這種手段，絲毫不抱期待。無論是向父親申訴、向母親申訴、向警察申訴，甚至向政府申訴，到頭來或許都只會被熟諳人情世故的人以世間通用的藉口唬弄過去。

我很清楚結果肯定會有偏頗，向他人申訴終究是白費力氣，我依舊只能滿口謊話，默默忍耐，並且繼續搞笑，除此之外別無他法。

怎麼，你是說你不信任人類？咦？你幾時成了基督徒——或許有人會如此嘲笑，但是在我看來，對人類的不信任，不見得立刻就得往宗教的方向聯想。就連那些嘲笑我的人在內，大家不都是在「彼此的不信任中」，壓根沒想到什麼耶和華，坦然自若地活著嗎？我再說一件同樣是我小時候的往事，當時我父親所屬的政黨有位名人來我們鎮上演講，我被男傭們帶去劇場聽演講。全場座無虛席，而且鎮上與父親交情特別好的人也都出席捧場，報以熱烈掌聲。演講結束後，聽眾踏著下雪的夜路三五成群回家，一邊把今晚的演講批評得一文不值。其中，也夾雜與父親交情特別密切的那些人的聲音。父親的「同志們」以近似怒罵的口吻說，父親開會的發言固然拙劣，那位名人的演講也好不到哪去，內容簡直不知所云。然後那些人路過我家時大搖大擺地進客廳，以衷心喜悅的表情對我父親說，今晚的演講非常成功。就連男傭們也是，當母親問起今晚的演講如何時，他們面不改色地說非常有意思。回來的路上，他們明明還互相抱怨，再沒有比演講更無聊的事。

不過，這種情形，只不過是微不足道的一個例子。人們互相欺騙，而且不可思議地毫髮無傷，甚至好像沒發現彼此在互相欺騙，類似這種精彩的、清淨開朗又快活的不信任範例，似乎充斥在生活中。不過，對於互相欺騙，我並沒有特別的興趣。因為我自己也是藉著裝瘋賣傻從早到晚欺騙別人，我對公民課本的那種正義或某某道德沒有太大興趣。於我，終究難以理解那些一邊互相欺騙，同時又活得「清淨開朗快活」，或者似乎擁有生存自信的人。人們終究沒有讓我領悟那種奧祕，要是能夠明白那個奧祕，想必我也不至於如此恐懼人，而且拚命討好他們了。想必也不用與人們的生活對立，夜夜嘗盡地獄般的痛苦了。換言之，就連我家男傭、女傭可恨的罪行我都沒有向任何人申訴，並不是因為我不信任人，當然也不是出於基督教主張的精神，我想其實是因為人們緊閉對我——葉藏——的信任外殼。因為就連我的父母，不時也會流露令我費解的一面。

而我那種無法向任何人傾訴的孤獨氣息，似乎被許多女性憑著本能嗅到，日後那成為我被女人趁虛而入的誘因之一。

換言之，對女性而言，我是個能夠保守戀愛祕密的男人。

第二手記

在海邊，堪稱海岸線的近海岸邊，有超過二十棵樹幹黝黑的巨大山櫻樹聳立，每當新學年開始，山櫻除了冒出看起來濕濕黏黏的褐色嫩葉，也以碧海為背景，綻放絢爛的花朵，然後在櫻花紛紛飄零時，花瓣大量散落海中，漂滿海面，乘著海浪又被打回岸邊。在東北這所直接將櫻花海灘當成校園使用的中學，我雖然根本沒有用功準備考試，還是順利入學了。而這所中學的制服帽徽章，以及制服的扣子上，都有櫻花綻放的圖案。

中學的旁邊，就住著我家的遠親，多少也是基於這個理由，父親才會替我選中那所有大海與櫻花的中學。我被送去那戶人家寄住後，因為離學校很近，我總是聽到朝會的鐘聲響起才匆匆跑去上學，是個相當怠惰的中學生，即便如此，我照例藉著耍寶，在班上一天比一天受歡迎。

說來這算是我這輩子第一次來到異鄉，但於我而言，那個異鄉，比起自己生長的故鄉似乎是更輕鬆愉快的場所。那是因為我的搞笑本領當時已相當嫻熟，欺騙別人不必再像以前那麼辛苦了——要這麼解釋當然也行，但更主要的原因是，親人與外人、故鄉與異鄉，二者之間必然有演技的難易差別，這點哪怕是在任何天才身上，甚至是在上帝之子耶穌身上，想必都無法避免。對演員而言，最難演的場所是故鄉的劇場，而且若是三親六眷全部到齊排排坐，恐怕再厲害的名演員也顧不得演技了。可我卻一直演到現在，而且還演得相當成功。像我這樣的老油條，來到異鄉，自然不可能演砸。

我對他人的恐懼，一如以往在心底劇烈翻攪，不過演技倒是不斷精進，在教室時，總是逗得班上同學發笑，而老師，雖然嘴上抱怨這個班級如果沒有大庭同學本該會是很好的班級，卻也忍不住掩嘴偷笑。就連嗓門像打雷的教官，我也輕輕鬆鬆就令他們噗嗤一笑。

我應該已經完全隱蔽自己的真面目了吧？就在我如此暗想、正要鬆一口氣時，意外被人從背後捅了一刀。此人一如其他會從背後捅刀子的男人，有著全班最瘦弱的肉體，臉孔也蒼白浮腫，而且我記得他大概是接收父兄的舊衣，老是穿著袖子像古代聖德太子的衣袖那樣過長的外衣，他的功課一塌糊塗，軍訓課與體育課也總是在旁見習，是個像白痴一樣的學生，我當然也不認為有必要提防那個學生。

那天，上體育課時，那個學生（他姓什麼我現在不記得了，只記得名字應該是竹一）——那個竹一，照例在旁見習，老師叫我們練習單槓。我故意盡可能繃著臉，朝單槓大叫一聲撲過去，然後像跳遠似地撲向前方，一屁股重重跌坐在沙地上。一切，都是計畫好的失敗。大家果然捧腹大笑，我也苦笑著爬起來拍打長褲的沙子，這時竹一不知是幾時過來的，戳戳我的背，低聲囁嚅：

「你故意的，故意的。」

我很震撼，自己故意出糗的事，不是被旁人識破，偏偏是竹一！這是我完全沒想到的。我彷彿眼睜睜看著世界在一瞬間籠罩地獄烈火熊熊燃燒，只能用盡力氣按捺想發狂大叫的衝動。

之後的日子，我充滿不安與恐懼。

表面上我依然扮演可悲的丑角取悅大家，卻總在不經意間發出沉重的嘆息，深怕自己不管做什麼都被竹一識破，如此一來，他遲早會告訴別人，到處散播那個消息。想到這裡，我的額頭冒出冷汗，以瘋子般的古怪眼神不停四下張望。若是可以，我很想一天二十四小時寸步不離竹一身旁，監視他，以免他洩露祕密。而且在我緊跟著他時，也做出一切努力，試圖讓他以為我的搞笑並非他所謂的「故意」，而是真情流露。我貪心地想，最好能跟他結為獨一無二的死黨，如果那些都不可能，我甚至鑽牛角尖地想，那我只能祈求他死掉了。不過，我好歹還是沒有對他起殺意。在我迄今為止的人生中，曾經多次盼望被人殺死，但是殺人的念頭，一次也沒出現過。因為我認為，那樣做只會讓可怕的對手得到幸福。

為了拉攏他，首先我在臉上露出偽基督徒的「溫柔」諂笑，把脖子朝左彎曲三十度，輕摟他瘦小的肩膀，然後以哄誘的甜膩嗓音，一再邀請他到我寄宿的地方玩，他每次都露出茫然的眼神，沉默不語。不過，某天放學後，我記得那是初夏時節，傍晚下起午後雷陣雨，學生們被困住無法回家，但我就住在學校旁邊所以不當回事地準備往外衝，忽見竹一垂頭喪氣地站在鞋櫃後面，我說：「走吧，我拿雨傘借給你。」然後拽起退縮不前的竹一，一同冒著大雨跑回我的住處，請大嬸替我倆烘乾上衣，終於成功把竹一拐進我位於二樓的房間。

那戶人家，住著年過五十的大嬸以及年約三十、戴著眼鏡、似乎抱病在身的高個子大女兒（這個女兒嫁過一次人，之後又回到娘家。我仿效這家的人，也喊她大姊兒），還有最近好像才剛從女校畢業，身材矮小不似其姊的圓臉小女兒小節，家裡就只有母女三人。樓下的店面，擺了少許文具用品及運動用品，但主要的收入，好像是靠過世丈夫生前建造的五、六棟長屋收取房租。

「耳朵好痛。」

竹一站著不動說。

「被雨淋濕了就好痛。」

我仔細查看才發現，他兩耳都有嚴重的耳漏，膿液好像隨時都會流到耳廓外。

「這可不行。一定很痛吧？」

我誇張地大驚失色，

「下大雨還把你拖出來，對不起喔。」

我用娘娘腔的說法「溫柔」道歉，然後去樓下討來棉花與酒精，讓竹一躺在自己的膝上，仔細替他清理耳朵，這次就連竹一似乎也沒發現這是我偽善的陰謀，

「將來一定會有女人迷戀你。」

他躺在我的膝上，甚至說出這種無知的恭維。

但是，日後我才明白，或許竹一自己也沒意識到，那其實是個可怕的惡魔預言。不管是迷戀別人也好，被人迷戀也好，我覺得那種說法很下流、很輕浮，明顯帶有自命風流的味道，無論在多麼「嚴肅」的場合，只要這句話一冒出來，憂鬱的寺院道場彷彿就會立刻崩塌，夷為平地，如果不用「被人迷戀的難受」這種俗語，而是用「被愛的不安」這種文藝說法，憂鬱的道場好像就不會被毀滅，想想還真奇妙。

竹一乖乖讓我替他清理耳漏的膿液，說出會有女人迷戀我這種愚蠢的

恭維，當時的我只是紅著臉笑，什麼也沒回答，但我心裡隱約也覺得他講的沒錯。只是，「被女人迷戀」這種粗俗的說法有點自命風流的味道，如果我大剌剌地寫出「被他這麼一說，我也覺得他講的沒錯」，那種感想好像太愚蠢了，甚至蠢得無法當成落語故事中常見的風流敗家子台詞，所以我當然不可能以那種嘻皮笑臉、自命風流的心態承認「我也覺得他講的沒錯」。

對我來說，女人比男人更難以理解好幾倍。在我的家族中，女性遠比男性多，而在親戚之間，也有許多女孩，再加上之前提到的「犯罪」女傭，說我從小在脂粉堆裡玩耍長大亦不為過，然而我其實是如履薄冰地與那些女人來往。我幾乎完全無法理解她們，簡直如墜五里霧中，偶爾還會犯下虎口拔牙的失誤，遭到對方嚴厲的反擊，那迥異於男性施加的鞭笞，會像內出血一樣造成極端不快的內傷，是相當難以治癒的傷口。

女人主動勾引我，又把我狠狠推開；女人在別人面前蔑視我，態度冷若冰霜，無人時卻緊摟住我不放；女人會像死掉般沉睡，令人懷疑女人該不會是為了睡覺而生……另外還有關於女人的種種觀察，全是我自幼得來的心得，看似同樣都是人，卻彷彿與男人是截然不同的生物，而這種無法理解、不可輕忽的生物，居然奇妙地關注我。「被迷戀」這種說法以及「被喜愛」這種說法，就我的情況而言都不適當，或許該用「被關注」來形容更貼近現狀的說明。

對於小丑這種角色，女人比男人更能輕鬆看待。當我扮演小丑時，男人絕對不可能咯咯笑個不停，而且我在男人面前，也知道如果得意忘形扮演小丑過頭一定會失敗，所以總是留心、在適當的時機打住，但女人不知道適可而止，總是沒完沒了地要求我耍寶搞笑，我只好回應那永無休止的安可，把自己累得半死。女人真的很愛笑，在我看來，女人比男人更能夠盡情享用快樂。

我念中學時寄住的那家二個女兒，只要有空，也會來我二樓的房間，每次都把我嚇得差點跳起來，而且一直提心吊膽，

「你在用功？」

「沒有。」

我微笑合起書本，

「今天，在學校，有位地理老師叫做棍棒。」

流暢自我嘴巴冒出的，是信口胡謅的滑稽故事。

「小葉，你戴上眼鏡試試。」

某晚，妹妹小節與大姊兒一同來我房間玩，讓我不停耍寶搞笑之後，說出這樣的話。

「為什麼？」

「少囉唆，你戴上就是了，就用大姊兒的眼鏡。」

她向來都是用這種粗暴的命令口吻發話，小丑老實地戴上大姊兒的眼鏡。頓時，二個女孩笑成一團。

「一模一樣，跟勞埃德[1]一模一樣。」

1 勞埃德（Harold Lloyd，一八九三至一九七一年），美國喜劇電影演員。戴圓形賽璐珞粗框眼鏡，演出《豪勇勞埃德》、《勞埃德活動狂》等，為四大喜劇天王之一。

當時，哈羅德．勞埃德這位外國電影喜劇演員在日本很受歡迎。

我站起來高舉一隻手，

我說，

「各位，」

「這次有幸會晤日本的影迷……」

我假裝對影迷致詞，令姊妹倆笑得更厲害，之後只要有勞埃德的電影在當地劇場放映我就會去看，偷偷研究他的表情。

還有某個秋夜，我正躺在床上看書，大姊兒忽然像鳥一樣迅速鑽進我房間，二話不說就撲倒在我的被子上大哭。

「小葉，你一定會幫我吧？對吧？這種爛家庭，還是一起離家出走算了。你會幫我吧？幫幫我。」

脫口說出諸如此類的激烈言詞後，她又哭了。但對我來說，女人主動表現這樣的態度已非第一次，所以我對大姊兒的過激言詞毫不驚訝，反而覺得那種陳腐、空洞很倒胃口，我悄悄鑽出被窩，將桌上的柿子削皮，拿

了一塊給大姊兒。於是，大姊兒抽泣著吃那塊柿子，

「有什麼好看的書嗎？借我。」

她說。

我從書架選出夏目漱石的《我是貓》交給她。

「謝謝。」

大姊兒害羞地笑著離開我的房間。

不只是這位大姊兒，所有的女人到底是抱著什麼心態生活？思考這個問題對我而言，比探索蚯蚓的想法更讓我感到麻煩、囉唆、毛骨悚然。不過，女人忽然那樣哭泣時，只要給她一點甜食，她吃了就會心情好轉。唯獨這點，我從小就根據自己的經驗已經頗有心得。

還有，這家的小女兒小節，甚至把她的朋友也帶來我房間，我照例逗笑大家，而她朋友走後，小節總是說她朋友的壞話。她必然會指稱那人是不良少女，叫我千萬小心。既然如此，何必特地把人帶來，害得我房間的訪客幾乎全都是女人。

不過，那還不至於真的演變成竹一拍馬屁說的「被女人迷戀」。換言之，當時我只不過是日本東北的哈羅德．勞埃德。而竹一無知的恭維變成不祥的預言，活生生呈現不吉的形貌，是在又過了幾年之後的事。

竹一也曾送給我另一樣重大的禮物。

「是妖怪的畫喔。」

有一次竹一來我的房間，把他帶來的一張原色版插圖得意洋洋地給我看，如此說明。

我暗自稱奇，但日後，我總覺得，就是在那一瞬間，彷彿決定了自己的墮落之道。因為我知道，我知道那不過是梵谷有名的自畫像。在我的少年時代，日本正流行法國的印象派繪畫，而西畫鑑賞的第一步，通常就是從這裡開始，所以梵谷、高更、塞尚、雷諾瓦這些人的畫作，即便是鄉下的中學生，多半也看過翻拍畫作，略知一二。至於我，更是看過大量的梵谷原色版畫作，對他筆觸的趣味、色彩的鮮豔頗感興趣，不過我倒是一次也沒想過那會是妖怪的畫。

「那麼，這種的你看怎樣？果然也是妖怪嗎？」

我從書架取出莫蒂里安尼的畫集，給竹一看看肌膚色澤宛如燒熱赤銅的裸女圖。

「好厲害！」

竹一瞪圓了眼感嘆。

「好像地獄的馬。」

「果然也是妖怪嗎？」

「我也想畫這種妖怪的圖畫。」

過度害怕人類的人，反而會更期盼親眼見到更可怕的妖魔鬼怪，而且越是神經質、膽小怕事的人，往往越渴望暴風雨來得更猛烈。啊，這群畫家，被人類這種妖魔鬼怪傷害，在恐懼之下，將幻影信以為真，在白晝的大自然中，清楚看到妖怪，他們沒有裝瘋賣傻來自欺欺人，只是努力將他們見到的如實呈現，勇敢畫出了竹一口中「妖怪的畫」。這裡就有將來自己的夥伴啊，我興奮得掉眼淚。

「我也要畫，我要畫妖怪的畫，畫地獄之馬。」

不知怎地，我壓低嗓門對竹一說。

我打從小學就愛畫畫，也愛看畫。不過，我畫的東西，不如我的作文那樣贏得周遭好評。我向來不相信人們的話，因此那些作文對我而言，不過是丑角的應酬之詞，雖在小學與中學一直讓老師們狂喜，但我絲毫不覺有趣，唯有畫作（漫畫之流另當別論），對於那方面的表現手法，我雖年幼，多少還是下過一番苦功。

學校的圖畫範本很無趣，老師畫的又很拙劣，我只好自己動腦筋亂七八糟地嘗試各種表現手法。進了中學後，我也有了全套油畫用具，但是即便根據那種用筆的範本追求印象派畫風，我畫出來的東西還是像花紙工藝品一樣扁平，根本不能看。然而，竹一的話令我察覺，原來是我過去對繪畫的心態大錯特錯。我只知努力將自己覺得美麗的東西直接美觀地表現出來，委實太天真、太愚昧。藝壇巨匠們即便面對平凡無奇的東西，也能夠透過主觀，美好地創造出來，或者雖對醜陋的東西嘔吐反胃，照樣不掩其產生的興味，浸淫在表現的喜悅中，換言之，他們似乎壓根不受旁人的想法左右。竹一讓我窺見這種畫法最原始的奧祕，從此我開始瞞著那些女性訪客，一點一滴地著手創作自畫像。

我畫出了一幅連自己都驚訝的陰森畫作，不過這才是我一直藏在心底最深處的真面目，雖然表面上笑得快活，也帶給別人歡笑，可實際上，卻擁有如此陰鬱的心靈。這是沒法子的事，我悄悄承認，但那幅畫，除了竹一，我終究沒給任何人看過。我不希望自己搞笑背後的陰鬱被識破，令人突然小家子氣地對我防備，而且心裡多少也擔心說不定無人發現這是我的真面目，反而當成新型態的搞笑方式，徒為笑柄，那會比什麼都令我難過，因此那幅畫立刻被我藏進壁櫥的最深處。

另外，即便在學校的美勞課，我也沒用那種「妖怪式畫法」，一如以往採用平庸的筆觸把美麗的東西美觀地畫出來。

唯有對竹一，打從之前我就坦然呈現自己脆弱敏感的神經，這次的自畫像也很安心地給竹一看，被他大力誇獎後，我又畫了兩、三張妖怪的畫，得到竹一的另一個預言：

「你會成為偉大的畫家。」

被女人迷戀的預言，和成為偉大畫家的預言，這二個預言被傻瓜竹一刻印在我的額頭上，不久後，我來到東京。

我本來想念美術學校，但我父親老早就打算送我進高等學校，將來做個公務員，也已經這麼告訴過我，因此天生無法回嘴的我，只能茫然聽從父命。他叫我從四年級開始報考，反正我對那間有櫻花與大海的中學也待膩了，於是我沒有繼續念五年級，修完四年級的課程，就報考東京的高等學校，錄取之後立刻開始宿舍生活，但那種髒亂與粗俗令我退避三舍，遑論搞笑，我立刻請醫師開出肺浸潤的診斷證明搬出宿舍，接著遷往父親位於上野櫻木町的別墅。我實在無法適應團體生活，青春的感動、年輕人的驕傲這類名詞，我一聽就渾身冒寒氣，實在受不了那種所謂的高校精神。無論教室或宿舍，彷彿都淤積著扭曲的性欲，哪怕是自己幾近完美的搞笑表演，在那裡也派不上任何用場。

父親在議會休會時，每月頂多只有一、兩個星期待在那棟別墅，所以父親不在時，那棟相當寬敞的房子，只有看房子的老夫婦與我共三人，我經常不去上學，但也懶得去東京各地參觀（我這輩子大概連明治神宮、楠正成[2]的銅像、泉岳寺的四十七義士墓也無緣一見），整天待在家中看看書、畫畫圖。父親來東京時，我就每天早上匆匆忙忙的上學，有時也會去本鄉千駄木町的西畫家安田新太郎開設的美術教室，練習素描三、四個小時。自從我搬出高等學校的宿舍，即便去學校上課，好像也處在旁聽生這種特別的位置，那或許是自己太彆扭，但我總有尷尬之感，於是上學更成了一樁苦差事。於我，歷經小學、中學、高校，終究無法理解所謂的愛校精神，至於校歌那種東西，我也從來沒有記住過。

之後，我在美術教室，自某位學畫的學生那裡認識了酒與香菸與妓女還有當鋪與左派思想。那是很奇妙的組合，不過也是事實。

2 楠木正成（一二九四至一三三六年）是吉野朝的武將，於建武中興立下大功。延元元年五月，為阻止足利尊入京英勇戰死，皇居前廣場有高村光雲製作的銅像。

那位學畫的學生，叫做堀木正雄，生於東京的平民老街，比我大六歲，從私立美術學校畢業後，因家中沒有畫室，遂來這間美術教室繼續學習西畫。

「可以借我五圓嗎？」

我倆只是點頭之交，過去一句話也沒講過，我手足無措地遞上五圓。

「好，去喝酒，我請客。可以吧？」

我無法拒絕，被他拽去那間美術教室附近、蓬萊町的咖啡廳[3]，就此開始我與他的交往。

「我老早就注意你了，對對對，就是那種羞澀的微笑，那是前途有望的藝術家特有的表情。為了紀念我們的結識，乾杯！阿絹，妳看這小子是個美男子吧？妳可別愛上他喔。自從這小子來到美術教室，很遺憾，我退居第二號美男子了。」

3　在大正、昭和時代，咖啡廳是指有女服務生陪酒的餐飲場所。

堀木的膚色微黑，五官端正，穿著習畫學生難得一見的整齊西裝，領帶的花色也很樸素，而且頭髮還抹了髮油，中分之後梳得服服貼貼。

那是我不熟悉的場所，所以我怕極了，一下子交抱雙臂一下子鬆開，只能一逕露出他所謂的羞澀微笑，但是兩三杯啤酒下肚之後，我漸漸感到異樣解放的輕快感。

「我本來想念美術學校……」

「不，那很無聊。那種地方無聊透頂，上學無聊透頂。我們的老師其實在大自然之中！是對大自然的激情！」

然而，我對他的發言毫無敬意。這是個笨蛋，畫肯定也畫得很爛，但是論及吃喝玩樂，我想他或許會是個良伴。換言之，那一刻，有生以來，我第一次看到真正的都會無賴漢。他與我雖在形式上有所不同，卻同樣完全遊離在世人的生活之外，徬徨無目標，單就這點而言我們的確是同類。只不過他是在無意識中扮演丑角，而且完全沒發現那種丑角有多可悲，這是他與我在本質上不同之處。

雖然我一直瞧不起他，只是跟他吃喝玩樂、把他當成酒肉朋友，有時甚至恥於與他為伍，但我還是照樣與他結伴四處遊蕩，最後甚至被這個男人擊垮。

不過，起初我滿心以為此人是個好人，是難得一見的大好人，就連怕人的我也完全放鬆戒心，只覺得找到一個東京的最佳嚮導。其實，若只有我一人，搭乘電車時我連車掌都怕，即使想去歌舞伎劇場，我也害怕那正面玄關鋪設紅地毯的樓梯兩側站立的帶位小姐；去餐廳時，更害怕緊貼我背後而立，等著收盤子的服務生，尤其是要結賬時……唉，我的動作別提有多不安了，當我購物付錢時，不是因為吝嗇，而是因為太緊張、太羞恥、太不安、太恐懼，令我頭暈眼花，世界變得一片漆黑，幾乎精神錯亂。別說是殺價了，我不僅會忘記拿走找的零錢，甚至經常發生忘記把買好的東西帶走，我實在無法一個人在東京街頭行走，無奈之下，這才只好鎮日待在家中懶散度日。

可現在把錢包交給堀木、與他同行後，堀木會狠狠殺價，而且或許該說他很會玩，他在付賬時能夠利用少許的金錢發揮最大的效果。他也不坐昂貴的計程車，他會視情況分別利用電車、公車、蒸氣船等交通工具，展現如何以最短時間抵達目的地的本領，一大早從妓女那裡返家的途中，他會順道進去某某高級料亭洗個晨間浴，吃著湯豆腐來杯小酒，這樣不花大錢便可享受奢華的氣氛，他如此這般對我示範實地教育，而且還大肆宣揚路邊攤的牛肉飯、烤雞肉串雖然廉價卻營養豐富，若要醉得快，他保證除了電氣白蘭地[4]無出其右，總之到了付賬時，他從來不曾讓我感到絲毫不安與恐懼。

進而，與堀木來往最大的好處，就是堀木完全無視聽眾的想法，只顧著發洩他的熱情（或者，所謂的熱情，就是無視對方的立場），一天二十四小時都在無聊地喋喋不休，完全不用擔心二人一起走累了會陷入尷尬的沉默。以往與人接觸時，我最怕出現那種可怕的沉默，原本寡言的

4 電氣白蘭地是淺草的酒店老闆神谷傳兵衛於明治十五年左右，製造、販賣類似白蘭地的酒精飲料。

我，不得不拚命搞笑以免演變成那種局面，可現在堀木這個笨蛋，毫無意識地主動扮演起那個搞笑的角色，所以我甚至不用接話，只要隨便聽聽，不時再說句「怎麼可能」笑一下就行了。

之後我也漸漸明白，酒、香菸、妓女都是能夠緩解我對人的恐懼（哪怕只是一時片刻）、暫時轉移注意力的好手段。為了尋求那些手段，我甚至覺得就算叫我變賣全部家當也無怨無悔。

在我看來，娼妓這種生物不是人類，也不是女性，倒像是白痴或瘋子，躺在他們的懷中，我反而可以完全安心地熟睡。他們全都無欲無求到可悲的地步，而且或許是對我產生同類的親切感，那些妓女每每對我流露不至於令人尷尬的自然善意。那是毫無算計的善意，是不會強迫推銷的善意，是對或許不會再光顧的人的善意。某些夜晚，我甚至從那些不知是白痴或瘋子的妓女身上，看到聖母瑪麗亞的光環。

不過，我為了擺脫對人的恐懼，尋求一夜的安眠，去找那些與自己「同類」的妓女廝混，久而久之身邊好像散發出一種無意識的討厭氛圍，這是自己也完全沒有料想到的、所謂「雜誌附送的增刊」，但那「增刊」逐漸鮮明地浮上表面，被堀木指出後，我當下愕然，心裡很不舒服。在旁人看來，若用通俗的說法，我等於是透過妓女磨練泡妞的本領，而且最近本領大長。要磨練泡妞的手腕，藉助妓女是最艱難、據說因此也是最有成效的方法，在我身上，已有那種「情場老手」的氣息纏繞，女性（不只妓女）憑著本能嗅到那種氣息就會主動靠過來，那種猥瑣、不榮譽的氛圍，成了我去找妓女的「附送增刊」，而且似乎比我原本只想休息的本意更加惹眼。

堀木講那種話或許半是奉承，但我倒是真的想起一些讓我壓力很大的經歷，比方說，我記得曾經收到咖啡店女服務生的幼稚情書；櫻木町那棟房子隔壁將軍家雙十年華的女兒，每天早上在我上學的時刻，明明沒事卻略施脂粉頻繁出入自家門口；去吃牛肉時，即便我不開口，那裡的女店員也……還有，我每次買香菸的那家香菸店的女兒遞來的煙盒中……還有，去看歌舞伎時坐在我隔壁的女人……還有，我搭乘深夜的市內電車喝醉睡著後……還有，意外收到故鄉親戚的女兒寫來傾訴相思之苦的信……還有，不知是哪個女孩，趁我不在時留下看似親手製作的娃娃……雖因我的態度極度消極，導致那些邂逅全都無疾而終，只是片段，沒有進一步發展，但我身上的確縈繞某種令女人做夢的氣味，那並非我自作多情隨便開玩笑，是無法否認的事實。被堀木這種人指出這個事實，令我感到近似屈辱的苦悶，同時對於找妓女玩，也忽然失去了興致。

堀木也基於他虛榮趕時髦的本性（以堀木的個性來說，除此之外的理由，我至今想不出來），某天帶我去參加共產主義讀書會（好像叫做什麼R・S，我已不太記得）那種祕密研究會。對堀木這樣的人物而言，共產主義的祕密集會，或許不過是他「東京導覽」的節目之一。我被介紹給所謂的「同志」，被迫買了一本宣傳簡介，並且聆聽坐在上座的醜陋青年講授馬克思經濟學。但是，在我看來，他講的都是擺明的事實。那套論調或許的確沒說錯，但人的心中，還有更莫名其妙、更可怕的東西。稱為欲望也不是，稱為虛榮心也不是，用色與欲二字也難以道盡，連我自己也說不清楚，但我總覺得在人世的底層，除了經濟，還有異樣鬼氣森然的東西，本就害怕鬼故事的我，雖像水往低處流一樣自然地肯定那種唯物論，但我還是無法藉此擺脫對人的恐懼，從此迎向欣欣向榮的青葉放眼遠眺，感受到什麼希望的喜悅。不過，我一次也沒缺席那個R．S（我記得是這個名稱，但或許有誤），看「同志」們煞有介事地繃著臉，埋頭鑽研好似一加一等於二那種幾乎是初級算術的理論，實在很滑稽。於是我照例發揮我的搞笑本領，努力讓聚會更輕鬆，或也因此，研究會的滯悶氣氛逐漸活絡，我甚至成了那個聚會不可或缺的開心果。這些看似單純的人們，或許只把我當成和他們一樣單純、而且樂天耍寶的「同志」，如果真是如此，那我等於從頭到尾徹底騙了這些人。我根本不是同志，但是那個聚會，我還是次次出席，為大家提供搞笑的服務。

因為我喜歡、欣賞那些人，但那未必是透過馬克思產生的好感。

非法，我隱約以此取樂，覺得如魚得水，世間所謂的合法反而可怕（那讓我預感到深不可測的強大），那個運作法則令人費解，我在那沒有窗子的冰冷房間實在坐不住，哪怕外面是非法的汪洋大海，我也寧可跳下去游泳，直至死亡，那對我來說似乎還更輕鬆一些。

有個名詞叫做「見不了光的人」，據說那是指人世間悲慘的失敗者、背德者，我覺得自己「打從出生就是見不了光的人」，因此遇見被世人指指點點、議論是見不了光的人物時，我總是會心懷慈悲。而且，這種「慈悲心」是令我自己也很陶醉的慈悲心。

還有「罪犯意識」這個說法，在這人世間，雖然我一輩子被那種意識折磨，但它是等同糟糠之妻的好伴侶，與它相依為命淒涼地打打鬧鬧，或許就是自己生存的姿勢之一。況且，俗諺好像也有「小腿有傷疤」[5]這種說法，那個傷疤，早在我嬰兒時期，已自然出現在一邊的小腿上，長大之後不僅未見痊癒，反倒越來越深，直達骨髓，夜夜痛苦有如千變萬化的地獄，但是（這是非常奇妙的說法）那個傷疤，逐漸比自己的「血肉」更親

5 指有不光榮的前科記錄。

密，那個傷疤的疼痛，也就是傷疤活生生的感情，甚至像是愛情的囁語，對我這樣的男人而言，那種地下運動的團體氛圍令人異樣安心，感覺很自在，換言之，比起運動本來的目的，或許該說是那種運動的氣氛很適合我。以堀木的行事作風，只不過是出於無聊的戲謔心態介紹自己去了一次聚會，還自以為幽默地說什麼馬克思主義者在研究生產層面的同時也該考察消費層面，他不好好參加聚會，只想引誘我去考察他所謂的消費層面。

如今想來，當時還真有形形色色的馬克斯主義者。有人像堀木這樣，出於虛榮的趕時髦心態如此自稱；也有人像我一樣，只是喜歡那種非法的氣氛才會賴著不走。如果這些真相，被馬克思主義真正的信徒識破，堀木與我，八成都會招來對方的怒火，被當成卑鄙的叛徒立刻趕出去吧。不過，我乃至堀木，一直沒遭到除名的處分，尤其是我，在那非法的世界，反而比我待在合法的紳士世界更自在，得以「健康」地行動，因此被視為有前途的「同志」，甚至委託我去做各種過度機密的任務，令我忍不住暗自好笑。事實上，我一次也沒拒絕過那種委託。我坦然地一律接下委託，也沒有出過什麼差錯被狗仔（同志對警察的稱呼）懷疑抓去訊問，我笑著，或者逗他人笑著，一邊好歹還是正確完成了他們所謂的危險任務（搞那種運動的人，總是如臨大敵非常緊張，甚至笨拙地模仿偵探小說的手法採取高度戒備，而他們委託我的差事，實在無聊得令人傻眼，即便如此，他們對於那差事還是卯足全力搞得緊張兮兮）。就我當時的心情而言，哪怕以共產黨員的身分被捕，一輩子在牢中度過我也不在乎。與其害怕世人所謂的「真實生活」，夜不成眠的地獄輾轉呻吟，我覺得坐牢或許更輕鬆。

父親在櫻木町的別墅動不動便要接待訪客或外出，所以即便我們待在同一個屋簷下，往往也連續三、四天碰不到面，雖然父親總令我喘不過氣，心生畏懼，恨不得搬出這個家找地方寄宿，但我還是不敢開口。不料就在這當口，我聽看守房子的老頭說，父親好像打算賣掉那棟房子。

父親的議員任期即將屆滿，想必也是有種種理由才做此決定，不過他似乎無意再出馬參選，況且又在故鄉蓋了房子用來養老，似乎對東京毫無留戀，他大概覺得為我這麼一個高中生提供宅邸與僕人太浪費（父親的心理，也和世間眾人的心理一樣，都是我無法理解的），總而言之，那棟房子不久便轉手他人，我搬到本鄉森川町老舊宿舍仙遊館的陰暗房間，並且立刻陷入經濟困境。

過去，我每個月都會從父親那裡領到固定金額的零用錢，就算兩三天之內便花光，但香菸、酒、乳酪、水果這類東西家裡隨時都有，書本及文具用品乃至其他與服裝相關的東西，向來也都是在附近商店賒賬便可拿走，即使我想請堀木吃碗蕎麥麵或炸蝦飯，只要是在父親熟識的餐館，我吃完就拍拍屁股走人也沒關係。

可現在，突然搬到宿舍獨居，一切都得靠家裡每月寄來的固定金額開銷，我頓時慌了手腳。家裡寄來的錢依舊兩三天就被我花光了，我戰慄不安，徬徨無助之下幾乎發狂，只好輪番打電報和寫信給父親和哥哥姊姊要錢（我在信中傾訴的，全都是捏造的搞笑故事。向人求助時，我認為先逗對方發笑方為上策），另一方面，也在堀木的指點下，開始頻繁地去當鋪報到，即便如此，還是天天缺錢用。

畢竟，我沒有能力在無親無故的宿舍獨自「生活」。我很害怕一個人默默待在宿舍那個房間，總覺得隨時會遭人襲擊或挨悶棍，衝到外面街上後，不是替那個運動跑腿，就是與堀木到處喝廉價酒，課業以及學畫幾乎都已放棄，進入高等學校第二年的十一月，就發生與年長的有夫之婦相偕殉情的事件，我的處境為之一變。

我無故曠課，也壓根不念書，即便如此，我在考試答題時似乎特別懂得抓要領，因此在那之前好歹還能矇騙故鄉的家人，但我缺課的天數太多，校方似乎已祕密報告故鄉的父親，兄長代替父親寫了一封措詞嚴厲的長信給我。不過，比起那個，我更直接的痛苦是缺錢，而且那個運動的任務，已變得越來越激烈繁忙，實在無法再以半是遊戲的心態應付了。不知那是叫中央地區還是什麼地區，總之我居然成了本鄉、小石川、下谷、神田那一帶所有學校的馬克思主義學生行動隊隊長。聽說要發起武裝行動，我買了一把小刀（如今想來，那把小刀單薄得甚至無法削鉛筆），把那玩意放在風衣口袋四處奔波，執行所謂的「聯絡」工作。我很想喝點酒好好睡一覺，可惜我沒錢。而且，P（我記得是用這個暗號稱呼「黨」，或許我記錯了也不一定）那邊，不斷委託任務令我連喘口氣的空檔都沒有。以我這樣的病弱之軀，實在難以勝任。我本來就只是對非法感興趣才幫那個團體做事，現在這樣假戲真做變得格外忙碌後，我忍不住對P的成員暗感不耐煩：你們找錯對象了吧？幹嘛不叫你們的嫡系成員去做？於是我開溜了。溜走之後，心裡終究不舒坦，我決定自殺。

當時，對我懷抱特殊好感的女人共有三人。其中一個，是我寄宿的仙遊館房東女兒。這個女孩，在我替那個運動跑腿累得筋疲力竭，飯也沒吃倒頭睡下後，一定會拿著信紙與鋼筆來我房間。

「對不起，樓下的弟弟妹妹太吵，害我無法安心寫信。」

她如此聲稱，然後就坐在我的桌前寫上一個多小時。

我本來也可以佯裝不知睡我的大頭覺就好，但那女孩好像很希望我說點什麼，於是我照例發揮被動的服務精神，即使其實累得一句話也不想說，卻還是拖著疲憊的身體勉強打起精神，趴在被子上抽菸。

「聽說有男人拿女人寫來的情書燒洗澡水。」

「哎呀，好過分。那是你吧？」

「我拿來熱牛奶過。」

「那真是榮幸，你喝吧。」

這女人怎麼還不快點離開？什麼寫信，我早就看穿了，肯定只是在紙上亂畫鬼臉。

「給我看。」

我懷著其實死都不想看的念頭這麼一說，「哎呀，不要啦！哎呀，不要啦……」她嘴上嚷著，卻別提有多開心了，看起來丟臉死了，我非常掃興。這時，我想到不如支使她去辦點事。

「不好意思喔，妳能不能去電車大道的藥房替我買點卡莫汀[6]？我太累了，臉孔發熱，反而睡不著。不好意思喔！至於藥錢……」

6 卡莫汀（Calmotine）是一種安眠藥。

「小事，提什麼錢啊。」

她欣欣然起身，叫女人去跑腿辦事，絕對不會讓她沮喪，相反地，女人會很高興男人委託她幫忙，這我早就知道了。

還有一個女人，是女子高等師範的文科生，也是所謂的「同志」。我和此人因為那個運動，就算不情願也得天天碰面。開完會後，這個女人總是如影隨形地跟著我，而且動不動就買東西給我。

「你把我當成親姊姊就好了嘛。」

她的那種矯揉造作雖然令我發抖，但我還是擠出略帶憂鬱的微笑表情回答。

「我就是那麼想的。」

總之惹火她的後果很可怕，一定要想辦法唬弄過去才行。我滿腦子只有這個念頭，因此只好為那個醜陋又討厭的女人犧牲色相，在她替我買東西後（她買的，都是品味低劣的東西，我多半立刻就把東西轉手給了串燒店的老闆），我裝出開心的表情，開玩笑逗她笑，某個夏夜，她說什麼都不肯離開，為了盡快打發她離去，我只好在街頭暗處親吻她，不料她竟然興奮若狂，叫來計程車，把我帶去似乎是那些人偷偷租來搞運動之用、看似大樓辦公室的狹小西式房間，在那裡胡鬧到天亮，真是誇張的姊姊啊，我只能暗自苦笑。

無論是房東女兒或這位「同志」，每天再不情願也必然會碰面，所以無法像我應付過去那些女人那樣避不見面，於是就這麼拖拖拉拉。照例基於那種不安心理，只顧著拚命安撫這二人，自己等於被捆綁得動彈不得。

同一時間，我也受到銀座某間大型咖啡廳女服務生的意外恩惠，雖只不過有一面之緣，我還是執著於那份恩情，感到同樣令人動彈不得的擔心與害怕。那時候，我已經可以不再仰賴堀木帶路一個人搭乘電車，也敢去歌舞伎劇場，穿著藍底飛白的平民和服連咖啡廳也照進不誤，多少有點厚臉皮了。不過心裡還是一樣，對人類的自信與暴力感到訝異、恐懼、苦惱，但至少在表面上，已經慢慢可以與他人正經寒暄——不，不對，如果沒有伴隨失敗的小丑式苦笑我還是無法應付，但好歹可以一心一意結結巴巴地寒暄，這樣的「技倆」，是靠那運動四處奔走磨練出來的？抑或該歸功於女人？或者是酒精的作用？不過，我想主要還是因為缺錢才學會這本領。不管去哪我都害怕，反而在咖啡廳與許多醉客或女服務生、男服務生偶爾混在一起，自己這種不停被追趕的倉皇心情或許才能安穩下來。當時我拿著十圓，隻身走進銀座那間大型咖啡廳，笑著對女服務生說。

「我只有十圓，妳看著辦。」

「請放心。」

對方好像帶有一點關西口音，她那一句話，奇妙地讓我戰慄的心平靜下來。不，不是因為不用再擔心錢的問題，我是覺得在她身邊就不需要擔心了。

我喝了酒，她讓我很安心，因此我反而不想耍寶搞笑，毫不掩飾自己沉默陰鬱的本來面目，默默飲酒。

「這樣的，你可喜歡？」

女人把形形色色的食物放到我面前，我搖頭。

「只喝酒？那我陪你喝。」

那是秋天的寒夜，我依照恒子（我記得是這個名字，但記憶褪色，已不大確定，我就是這種連殉情對象的名字都會忘記的人）所言，在銀座後巷，某個路邊的壽司攤，吃著一點也不好吃的壽司，等候她的到來。（她的名字雖已不復記憶，唯有那時壽司的難吃滋味，不知何故，印象特別鮮明。還有那長相酷似菜花蛇的光頭老闆，搖頭晃腦裝得好像多厲害地捏壽司的情景，歷歷分明如在眼前，日後我甚至多次在電車上看到似曾相識的臉孔，想了半天，才發現原來就是長得像當時那個壽司攤老闆，不禁苦笑。那個女人的名字，乃至長相都已記憶模糊的現在，唯有壽司攤老闆的臉孔能夠正確地描繪出來，可見當時的壽司有多麼難吃，帶給自己多麼深刻的寒冷與痛苦。本來，我就算被人帶去據說可以吃到美味壽司的地方，也不曾覺得好吃過。壽司太大了，我每次都在想，難道不能捏成大拇指那樣大就好？）

她在本所的木匠家租借二樓的房間，我在那二樓，毫不隱瞞平日自己陰鬱的心情，就像牙痛嚴重發作般，一手捂住臉頰喝茶。而自己那樣的姿態，似乎反而讓她很欣賞。她也是個彷彿周身呼嘯冷風，唯有落葉狂舞，完全遺世孤立的女人。

一起睡覺時，她告訴我，她比我大二歲，故鄉在廣島，她說她是有丈夫的，本來在廣島當理髮師，去年春天，夫妻倆一起離家逃到東京來，但丈夫在東京不務正業，後來被控告詐欺罪，現在人在監獄，她說她每天都去監獄送點東西給丈夫，但從明天起她就不會再去了。不知為何，我對女人的身世故事毫無興趣，或許是因為女人的敘述方式太拙劣，換言之，是搞錯了說話的重點吧？總之對我來說，一概是馬耳東風。

好寂寞。

比起女人千言萬語的身世故事，這樣一句低語，肯定更能激起我的共鳴。但即便我如此期待，世間女子終究一次也沒讓我聽見那句話，令我深感奇怪與不可思議。不過，那個女人雖未親口說出「好寂寞」，卻在無言中自身體的外廓散發出一寸寬的寂寞氣流，靠近她身邊時，連我的身體也會被那股氣流籠罩，與自己身上多少帶點棘刺的陰鬱氣流完美融合，宛如「安穩沉落到水底岩石的枯葉」，我也得以擺脫恐懼與不安。

那與躺在白痴妓女的懷中安心熟睡的感覺截然不同（先不說別的，起碼那些娼妓非常開朗），與那個詐欺犯妻子共度的一夜，對我而言是幸福的（我敢毫不猶豫地篤定使用這麼鄭重的字眼，在這本手記，想必不會再有第二次）、被解放的一夜。

然而，僅僅是一夜。早晨睜開眼，我跳起來，又變回原來那個輕浮、虛偽的小丑。膽小鬼連幸福都害怕，甚至會被棉花弄傷，也會被幸福弄傷。趁著沒受傷趕緊走人吧，我急著想就這樣分手，於是照例使出耍寶的煙霧彈。

「俗話說得好，床頭金盡緣也盡，那個啊，應該反過來解釋。意思並不是說錢花光了就會被女人甩掉。男人沒錢之後，不免意氣消沉，變得不中用，連笑聲也無力，而且還會莫名其妙鬧彆扭，最後自暴自棄，把女人甩掉，變得瘋瘋癲癲，認識一個甩一個，不停的甩女人。是這樣的意思才對喔，這是金澤大辭林[7]寫的。真可憐，不過我也可以理解那種心情啦。」

印象中我講出那樣的蠢話，逗得恒子捧腹大笑。久居無益，該走人了，於是我臉也沒洗便匆匆離去，但當時自己隨口胡謅的那句「床頭金盡緣也盡」，到了日後，竟產生意外的牽扯。

之後，我有一整個月都沒再見過那晚的恩人。分開以後，隨著日子流逝，喜悅淡去，萍水相逢之恩反而令人恐懼，我自以為受到嚴重束縛，就連當天在那家咖啡廳的消費全部讓恒子付賬這種俗事，也開始令我耿耿於懷，我覺得恒子也和房東女兒以及那個女子高等師範生一樣，是只會脅迫我的女人，於是雖離得遠遠的，還是一直很害怕恒子，而且我總覺得，如果再碰見曾與自己同床共枕的女人，屆時一定會劈頭遭到對方的怒火轟炸，實在懶得再碰面，因此我逐漸對銀座敬而遠之，但是我那種怕麻煩的

7 可能是指國文和語言學家金澤庄三郎（一八七二至一九六七年）編的國語辭典《廣辭林》（三省堂版）。

躲避心態，決非出於我的狡滑，我只是還無法理解一個不可思議的現象。我不懂女人這種生物為何能把上床後，與早上起床之後當成沒有任何關聯的兩碼事，好像完全失憶似地把二個世界徹底區隔開來過生活。

十一月底，我與堀木在神田的路邊攤喝便宜酒，這個損友，離開那個攤子後，提議再換地方喝酒，我們身上都沒錢了，即便如此，他還是死皮賴臉嚷著去喝嘛、去喝嘛。這時，一方面也是因為醉了變得大膽，我說：

「好，既然如此，我帶你去夢幻王國。你可別嚇到喔，那裡簡直是酒池肉林……」

「是咖啡廳嗎？」

「對。」

「咱們走！」

於是，我倆跳上電車，堀木很興奮，

「我今晚正愁沒女人呢。可以親吻女服務生嗎？」

我不太喜歡堀木露出那樣的醉態，堀木也很清楚這點，所以才刻意對我如此強調。

「可以吧？我要親親喔，我今天一定會親吻坐在我旁邊的女服務生。可以吧？」

「隨便你吧。」

「太好了！我想死女人了。」

我們在銀座四丁目下車，去那所謂酒池肉林的大型咖啡廳，仗著恒子在那裡，即便身無分文也大搖大擺走進去，在空著的卡座與堀木相向坐下，恒子與另一名女服務生立刻跑過來，那名女服務生挨在我身邊，恒子卻一屁股在堀木身旁坐下，我見了赫然一驚，恒子馬上要被親吻了。

我並無惋惜之意，我本來就沒有什麼占有欲，即便偶有一絲惋惜，也沒有那種心力去勇敢主張所有權與人爭奪。後來，我甚至眼睜睜看著自己的同居女友遭到性侵犯。

我盡可能不去接觸人際之間的糾紛，我害怕被捲進那個漩渦。恒子與我，不過是一夜情。她並不屬於我，我自然不可能有惋惜之類的自戀欲望。但是，我還是猛然失魂。

就在我眼前承受堀木猛烈親吻的恒子處境，令我心生同情。被堀木弄髒的恒子，恐怕非和我分手不可吧？而且，我也沒有積極的熱情足以挽留恒子。唉，這下子結束了。恒子的不幸令我在一瞬間驚恐，但我立刻像水一樣老實認命，來回看著堀木與恒子的臉，冷冷地笑著。

然而，事態意想不到地有了更糟的發展。

「算了！」

堀木竟然撇著嘴說，

「就算是我，對這麼窮酸的女人也……」

他似乎倒盡胃口，當胸交抱雙臂冷冷打量恒子，露出苦笑。

「拿酒來，我沒錢。」

我小聲對恒子說，我恨不得大醉一場。原來以俗物的眼光看來，恒子甚至不配得到醉漢的親吻，只不過是個寒酸、貧窮的女人。意外啊、意外啊，我如遭晴天霹靂。我前所未有地喝了又喝、喝了又喝，最後醉醺醺地與恒子面面相覷，悲哀地互相微笑，被人這麼一說我才發現，她的確只是個異常疲倦貧窮的女人啊，這麼想的同時，同樣缺錢的人那種惺惺相惜（貧富差距造成的不和，看似陳腐，但我現在覺得那果然是戲劇永遠的主題之一）、那樣的親切感，倏然湧現心頭，我當下覺得恒子惹人憐愛，有生以來，就在此刻第一次有自覺地主動萌生微弱的愛意。我吐了，醉得人事不省。喝酒喝成這樣爛醉如泥，還是第一次。

等我醒來，恒子就坐在枕畔，我躺在本所那個木匠家的二樓房間。

「說什麼床頭金盡緣也盡，我還以為你在開玩笑，沒想到是真的。你還真的不來了，真是莫名其妙的分手理由。我賺錢給你用也不行嗎？」

「不行。」

之後，女人也睡了，黎明時分，女人的口中第一次冒出「死」這個字眼，她似乎對人生精疲力盡了，而我想到自己對世間的恐懼、煩擾、金錢、那個地下運動、女人、學業，同樣也無法繼續忍受這種生活，於是我未作深思便同意她的提議。

然而，那時候，我其實還沒有真正做好「尋死」的覺悟，多少還潛藏著「遊戲心態」。

那天上午，我倆徘徊淺草六區的鬧街，走進咖啡店喝牛奶。

「你來付錢。」

我站起來，從懷裡取出錢包，打開一看，只有三枚銅板，淒慘的念頭先於羞恥萌生，腦海當下浮現的，是自己在仙遊館的房間，那個只剩下制服與棉被，別無他物可以拿去典當的荒涼陋室，除此之外就是我現在穿在身上的藍底飛白和服與披風，這就是我的現實，我清楚地意識到，我活不下去了。

見我手足無措，女人也站起來，探頭看我的錢包，

「哎呀，就只有那點錢？」

她雖是無心之言，卻還是令我痛入骨髓。這是我第一次只因為心上人發話就感到痛楚。沒什麼好說的，三枚銅板，根本算不上是錢。那是我從未嘗過的奇妙屈辱，是令我活不下去的屈辱。說穿了，當時的我，終究還

是未能脫離富家小少爺的心態吧。那一刻，我終於「切實感覺到」主動尋死的意願，就此下定決心。

當晚，我倆跳進鎌倉的海裡。她說身上的腰帶是向店裡朋友借來的，把腰帶解開，折疊妥當放在岩石上，我也脫下披風，放在同一個地方，然後一起跳進水中。

那個女人死了，只有我一個人被救活。

我是高等學校的學生，況且我父親也算小有名氣，大概是有所謂的新聞價值，報紙好像當成重大新聞報導了這起事件。

我被送進海邊的醫院，一名親戚自家鄉趕來，替我收拾種種爛攤子，並且告訴我，家中以父親為首的所有人都為此事非常憤怒，說不定會就此與我斷絕關係，然後親戚就回去了。但比起那個，我更思念死去的恒子，整天流淚不止。真的，在我到目前為止認識的人當中，我只喜歡過那個貧窮的恒子。

房東的女兒寄來一封足足寫了五十首詩歌的長信，全是以「為我活著吧」這種怪怪的句子開頭的短詩，總共五十首。護士小姐們也嘻嘻哈哈地來我的病房玩，甚至還有護士小姐緊握我的手後才走。

就在那間醫院，發現了我的左肺有病，這倒是幫了我一個大忙，之後我以自殺幫助罪的罪名被警察自醫院帶走，但在警局，我被當成病人對待，特別把我關在保護室。

深夜，在保護室隔壁值班室值夜的年邁警察，輕輕推開隔間的房門，

「喂！」

他對我發話，

「很冷吧？過來我這邊暖暖身子。」

他說。

我故意垂頭喪氣地走進值班室，坐下後對著火盆烤火。

「果然還是懷念死去的女人吧？」

「是的。」

我凝重地以細不可聞的聲音回答。

「那畢竟是所謂的情分嘛。」

他的態度也逐漸傲慢起來。

「你第一次和她發生關係是在哪裡？」

他擺出法官的派頭，裝腔作勢地問。他大概把我當成小孩子，才會在秋夜無聊中，故意裝得儼然是負責本案的偵辦主任，企圖從我口中套出香豔情史。我立刻察覺他的企圖，費了好大的勁才忍住爆笑的衝動。我當然也知道，像這種警察的「非官方訊問」，一概拒答也沒關係，但是為了替漫長的秋夜助興，我故意很老實地表現出誠意，好像我真的深信老警察就是偵辦主任，刑罰的輕重全憑他一念之間似地，隨口做出「陳述」稍微滿足他那好色的八卦心態。

「嗯，這下我大致了解了。只要你老實回答，我們自然也會手下留情的。」

「謝謝您，一切還要拜託您多多幫忙。」

簡直是出神入化的演技，卻是對自己毫無助益的賣力演出。

天亮後，我被署長叫去，這次才是正式偵訊。

我打開門，一走進署長室，

「喲，是個帥哥啊！這不是你的錯，要怪就怪你媽把你生得太帥。」

那是個膚色偏黑，好像剛從大學畢業的年輕署長。被他劈頭這麼一說，我覺得自己的半邊臉彷彿布滿大片紅斑，是醜陋的殘疾者，面容慘不忍睹。

這位宛如柔道或劍道選手的署長偵訊時非常乾脆，與深夜的那位老警察鬼鬼祟祟、執拗好色的「偵訊」有天壤之別。訊問完畢後，署長一邊檢查要送交檢方的文件，

他說。

「身體一定要好好愛惜才行。聽說你好像咳血痰？」

那天早上，我莫名其妙咳嗽不止，每次一咳，我都會用手帕捂著嘴，結果手帕就像下起紅色雨霧般沾染血漬。不過，那不是喉嚨噴出的血，是昨晚耳下出現小疙瘩，被我摳破之後流的血。但是，我忽然覺得還是不要

挑明真相對自己比較有利，因此只是垂下眼皮，分外可憐地回了一聲：

「是。」

署長寫完文件後，

「是否會起訴，要由檢察官決定，但你最好打個電報或電話給你的保釋人，請他今天到橫濱的檢察局一趟。你應該找得到人吧？我是說你的監護人或保證人之類的。」

經常出入父親在東京那棟別墅的書畫古董商澀田，與我們是同鄉，也在父親身邊逢迎拍馬做跟班，是個身材矮胖年約四十的單身漢，我想起他正是我就學的保證人。他的臉孔，尤其是眼神，很像比目魚，因此父親總是喊他比目魚，我也習慣如此稱呼。

我借用警局的電話簿查比目魚家的電話號碼，找到之後，打電話給比目魚，請他來橫濱的檢察局。比目魚的語氣傲慢與之前判若兩人，不過他好歹還是答應了。

「喂，那台電話最好立刻消毒喔。畢竟，他痰中帶血。」

我又被帶回保護室之後，署長大聲對警察們如此吩咐的聲音，甚至傳到坐在保護室的我耳中。

過了中午，我被細麻繩綑綁身體，雖然准許我用披風擋住，但麻繩的另一端被年輕的警察牢牢握住，我倆就這麼一同搭乘電車前往橫濱。

不過，我沒有絲毫不安，倒是很懷念警局的那間保護室與老警察。唉，自己為何會這樣呢？被當成罪犯綑綁，反而鬆了一口氣，而且從容自得，如今寫到當時的追憶，甚至都還覺得輕鬆愉快。

不過，那時「令人懷念」的回憶當中，唯有一件悲慘的糗事令我冷汗直流，終生難忘。我是在檢察局昏暗的小房間接受檢察官的簡單訊問，那位檢察官年約四十，溫文儒雅（如果我算是俊美，那肯定是邪淫的俊美；但那位檢察官的容貌，堪稱正派的俊美，有種聰明靜謐的氣質），應該不是那種會斤斤計較的人，因此我也毫無戒心，懵懵懂懂地陳述，突然間，我又咳嗽了，我從懷裡掏出手帕，驀然一看那血跡，頓時動起卑鄙的心眼，暗想這咳嗽說不定也能派上什麼用場，於是我誇張地又假咳了二下，拿手帕捂著嘴朝檢察官臉上偷瞄一眼，對方刻不容緩地問：

「是真的咳嗽嗎？」

他露出非常平靜的微笑，而我當時冷汗直流。不，至今回想起來，還忍不住發冷。若說那比中學時代傻瓜竹一囁嚅「故意的、故意的」戳我的背，把我踢落地獄的時候更可怕也絕不為過。中學那次，加上這一次，是我畢生演技的慘敗記錄。有時我甚至覺得，與其遭受檢察官那種平靜的侮蔑，還不如索性判我十年徒刑算了。

我被宣告緩起訴，但我毫不開心，只覺窩囊透頂，我在檢察局休息室的長椅坐下，等待比目魚來接我出去。

背後的高窗可以看見晚霞滿天，一群海鷗，呈「女」字形飛去。

第三手記

——竹一當日的預言，一個成真，另一個落空了。受到女人迷戀這個不光榮的預言被他不幸言中，但是將來一定會成為偉大畫家這個祝福的預言，可惜並未實現。

我只不過成了替少數幾家粗俗雜誌畫圖的無名三流漫畫家。

由於那起鎌倉自殺事件，我被趕出高等學校，寄居比目魚家二樓的一坪半房間，家鄉每月送來微薄的生活費，而且不是直接寄給我，好像是悄悄寄給比目魚（那似乎是家鄉的哥哥們瞞著父親偷偷寄來的），就此我與故鄉的關係完全斷絕，比目魚還老是不高興，即便我殷勤陪笑，他也板著臉，一個人竟可如此輕易地翻臉不認人，簡直是卑鄙。不，該說是滑稽的大變化，

「你不可以出去喔，總之請你不要出去。」

他成天只會跟我這麼說。

比目魚似乎認定我還有自殺之虞，換言之，他大概認為我有追隨女人再次跳海的危險，因此嚴格禁止我外出。但是不能喝酒也不能抽菸，只是從早到晚待在二樓的一坪半房間，呆坐在暖桌前翻閱舊雜誌像傻瓜一樣的我，已經連自殺的心力都沒有了。

比目魚的家，位於大久保的醫專附近，書畫古董商青龍園這個招牌上的文字倒是挺氣派，其實只是一棟二戶的其中一戶，店面也很狹小，店內到處是灰塵，堆滿亂七八糟的破銅爛鐵（不過，比目魚並不是靠店裡那些破銅爛鐵做生意，他自有門路把東家老爺的珍藏品轉手賣給西家老爺，似乎從中撈了不少錢），他幾乎整天都不在店裡坐鎮，通常一早就板著臉匆匆出門，守在店裡的只有一個十七、八歲的小夥計，此人等同於我的牢頭，有空時會與附近小孩在外面丟球玩耍，但他大概把二樓的房客當成傻瓜或瘋子，甚至搬出成年人那套大道理對我說教，我的個性向來無法與人爭辯，只好一臉疲倦或者佩服地洗耳恭聽，表現出服從的態度。這個夥計是澀田（比目魚）的私生子，但基於某些奇怪的內情，澀田無法公開父子的名分，而澀田一直未婚好像也是因為那方面的問題，我記得以前好像也聽家裡的人聊到一點那方面的傳聞，但我對別人的身世向來沒啥興趣，所以不知詳情究竟如何。不過，那個小夥計的眼神，同樣令人莫名地聯想到魚眼，因此或許真的是比目魚的私生子……不過，若真是那樣，這對父子未免過得太淒涼了。深夜，他倆會背著二樓的我，叫來蕎麥麵默默進食。

比目魚家的三餐向來是那個小夥計做，唯有二樓米蟲的三餐是另外以餐盤盛裝，由小夥計一天三次送來二樓，比目魚與小夥計自己，就在樓下陰濕的二坪多房間，不時乒乒乓乓發出碗盤相撞的聲音，一邊匆匆進食。

三月底的某個傍晚，比目魚不知是意外找到什麼賺錢的機會，還是另有什麼計策（不過這二個猜測，即便都猜對了，想必也還有一些我根本無法猜到的瑣碎原因吧），邀請我到樓下用餐，而且桌上罕見地還有酒，對著高級的鮪魚（不是比目魚）生魚片，作東的主人自己連聲感嘆、頻頻贊賞，還不忘勸茫然的房客也喝點酒，

「今後，你到底有什麼打算？」

我答不上來，從桌上的盤子拈起沙丁魚片，望著那些小魚乾的銀色眼珠，醉意漸漸散發，不由緬懷昔日四處玩樂的時光，連堀木都令我懷念。我深深渴望「自由」，一回神近乎悵然落淚。

自從我來到這個家，連搞笑也提不起勁，只是在比目魚和小夥計的輕蔑中躺著發呆，比目魚似乎也迴避與我推心置腹地長談，我也無意追著那個比目魚傾訴什麼，我幾乎真的成了一臉蠢相的米蟲。

「緩起訴的話，好像不至於留下前科。所以，只要你下定決心，就可以重新做人。如果你肯洗心革面，主動找我認真商量，我也可以替你想想辦法。」

比目魚的說話方式——不，世間所有人的說話方式——都是這樣拐彎抹角，帶點含糊不清又逃避責任的微妙複雜感，那幾乎毫無益處的嚴重戒心以及堪稱數不清的心機，每每令我困惑，最後覺得什麼都無所謂了，乾脆以耍寶來敷衍帶過或者默默點頭全權交給他人處理，這等於擺出了承認失敗的態度。

這時也是，日後我才知道，比目魚如果直接對我做出以下這樣的簡單報告，可能早就沒事了。比目魚無謂的心計，也許該說世人難以理解的虛榮、愛面子，令我的心情無比陰鬱。

比目魚當時，本來只要這麼告訴我就好：

「無論公立或私立，總之四月起，你必須找個學校就讀。等你入學後，你家會寄來更充足的生活費。」

直到很久之後我才知道，事實上，就是這樣安排的，而我想必也會聽從安排。可是，由於比目魚格外謹慎迂迴的說話方式，反而讓我拗著性子唱反調，連我的生存方向也徹底改變。

「如果無意找我認真商量的話，那我也沒辦法了。」

「商量什麼？」

我是真的一頭霧水。

「那個你心裡有數吧？」

「比方說？」

「還比方什麼啊，當然是你今後到底有何打算。」

「我應該去工作比較好嗎？」

「不，問題在於你的心態是怎樣。」

「可是，就算去上學……」

「那當然需要錢，不過問題不在於錢，在你的心態。」

既然已安排好由家裡寄錢來，他為何隻字不提？只要有那一句話，我應該就可以下定決心，現在卻讓我仍舊如墜五里霧中。

「怎麼樣？你對將來有沒有什麼期望？看來，要照顧一個人，究竟有多麼困難，被照顧的人是不可能明白的。」

「對不起。」

「我是真的很擔心，既然答應要照顧你，自然不希望你抱著得過且過的心態。我希望你能展現決心，徹底走上更生之路。關於你將來的方針，如果你肯主動地找我認真商量，我也打算好好替你籌畫。不過，畢竟是我這種貧窮比目魚的援助，如果你還想要過以前那種奢華生活，那你肯定會失望。但你如果打定主意，確立了將來的方針，並且肯與我商談，那我哪怕是力量微薄，也會協助你重新開始。我這番心意你懂嗎？今後，你到底打算怎麼辦？」

「如果你家二樓不能收留我，那我就去工作……」

「你是真心講出這種話嗎？這年頭的社會，就算是國立的帝國大學畢業……」

「不，我不會去當上班族。」

「不然你想做什麼？」

「畫家。」

我鼓起勇氣說出這句話。

「啥？」

我永遠忘不了當時比目魚縮起脖子嘲笑的臉上，閃過一抹異樣狡滑的影子。那好似輕蔑的影子，卻又不大相同，若將世間喻為海洋，在海中深達千尋[8]之處，似有那般奇妙的影子冉冉漂過，是一種彷彿倏然窺見成人生活奧祕的笑容。

你這樣子根本沒法談，看來你還在三心二意，你自己好好想一想，今晚認真思考一晚——被他這麼吩咐後，我像被人追趕似地倉皇躲回二樓，躺下之後，也沒有浮現任何想法。然後，到了黎明，我就從比目魚的家裡逃走了。

「傍晚一定回來，我要去找朋友商談將來的方針，請勿擔心。真的！」

我用鉛筆在信紙上以大字如此寫下，然後留下堀木正雄的名字與他在淺草的住址，悄悄離開比目魚的家。

我並非因為被比目魚說教不甘心才逃走，正如比目魚所言，我是個三心二意的男人，對於將來的方針完全沒頭緒，如果繼續賴在比目魚家當米蟲，對比目魚也不好意思，況且就算將來我真的奮發圖強立定志向，那個

8　一尋約一點五或一點八公尺，千尋指極深之處。

貧窮的比目魚能夠每月金援我、供我重新開始嗎？想到這裡就非常悲哀，實在難以忍受。

不過，我並不是真的想找堀木那種人商量什麼「將來的方針」才離開比目魚家。哪怕只有一點點，我有一瞬間是想讓比目魚安心的（與其說我只是想趁機逃得越遠越好才採取偵探小說的策略寫下那種留言——不，那種心情肯定也有一點，但比起那個，或許更正確說來，是我害怕突然給比目魚太大的打擊會令他陷入混亂。雖然遲早都會東窗事發，但我害怕直接照實說，總是要加點掩飾，這是我可悲的習性之一，那雖然和世人鄙夷的「騙子」性格相似，但是我的掩飾幾乎從來都不是在為自己牟利，我只是對於氣氛冷場有種窒息般的恐懼，所以即便明知事後會對自己不利，即便我素來「拚命討好他人的服務」被扭曲得微弱又可笑，往往還是會基於那種服務精神忍不住多加一句修飾，不過這種習性，到頭來也被世間所謂的「正人君子」大大利用），所以當時才會將驀然自記憶底層浮現的堀木住址與姓名寫在信紙末端。

我離開比目魚家，一路走到新宿，賣掉懷中的書，然後還是走投無路了。雖然我對大家都笑臉相迎，但「友情」這種東西我一次也沒體會過，撇開堀木那種吃喝玩樂的朋友不提，所有的交際往來，都只令我感到痛苦，我拚命扮演小丑試圖紓解那種痛苦，卻反而把自己累得像狗，在路上遇見為數寥寥無幾的熟人，甚至只是與熟人相似的臉孔，都會把我嚇一跳，一瞬間，湧上頭暈眼花的不快戰慄，就算知道被人喜歡，好像也欠缺愛人的能力（不過，我對這世間眾生是否真有「愛」的能力深感疑問）。這樣的自己，自然不可能交到所謂的「好友」，而且自己甚至連「拜訪」朋友的能力都沒有。他人的家門，於我而言，比《神曲》的地獄之門更恐怖，在那大門深處，不誇張，我真的感受到宛如可怕巨龍的腥臭奇獸蠢蠢欲動。

不管跟誰，我都沒來往，也無法拜訪任何地方。

堀木。

這下子倒是弄假成真了，我決定就照我留的紙條所寫，去淺草找堀木。過去，我一次也不曾主動造訪堀木家，多半是打電話把堀木叫來我這裡，但現在我連那筆電報費都不捨得花，況且在落魄潦倒下，也忍不住多心猜疑光是打電報的話堀木不一定肯來，最主要的是，當我決定進行自己不擅長的「拜訪」，哀聲嘆氣搭乘電車，發現對自己而言這世上唯一的救命稻草竟是那個堀木，總覺得有種背上發冷的慘澹心情。

堀木在家，那是位於骯髒小巷深處的雙層樓房，堀木住在二樓唯一的三坪房間，堀木的老父母與年輕的工匠三人正在樓下忙著縫製木屐的鞋帶，敲敲打打製作木屐。

堀木這天向我展現了他身為都市人的嶄新一面，那是俗稱的老滑頭，是讓我這個鄉巴佬愕然瞪眼的冷漠、狡滑的利己主義，他不是我這種只會得過且過、隨波逐流的男人。

「我真是敗給你了。你老爹原諒你了嗎？還沒有嗎？」

我不敢說我是逃出來的。

我照例敷衍帶過，雖然肯定會立刻被堀木發現，我還是滿口敷衍。

「反正總會有辦法的。」

「喂，這可不是開玩笑的。我得忠告你，愚蠢也該適可而止。我今天還有事情，最近我忙得要命。」

「有事情？什麼事？」

「喂、喂，不要把我家坐墊的線扯斷了。」

我一邊說話，一邊無意識地以指尖把玩、拉扯自己坐的坐墊四角邊緣，不知是線頭還是繫繩的穗狀鬚線。只要是堀木家的東西，他好像連坐墊邊上的一根線都捨不得，毫無愧色地橫眉豎眼喝止我。仔細想想，堀木在之前與我的交往中從未有過任何損失。

堀木的老母親，端著托盤送來二碗紅豆湯。

「啊，這真是……」

堀木像是真心誠意的孝子，在老母親面前惶恐不已，說話也恭敬到不自然的地步。

「不好意思，這是紅豆湯嗎？真是大手筆啊！您千萬不要這麼費心。

我還有事，馬上就得出門了。哎，不過，您特意端來拿手的紅豆湯，這可不能糟蹋。那我開動了，你也來一碗吧？是我媽特地替我煮的。啊呀，這玩意，真好喝。真是大手筆啊！」

說著，好像也不盡然是惺惺作態，只見他非常開心，吃得津津有味。我也啜了一口，那是白開水的味道，然後咬了一口湯裡的麻糬才發現，那根本不是麻糬，總之是我不認識的東西。我絕非瞧不起他們的貧窮（那時，我並不覺得難吃，同時也對老母親的愛心深為感動。對我來說，就算對貧窮有恐懼感，但我自認並無輕蔑之意），那碗紅豆湯，以及為紅豆湯高興的堀木，讓我見識到都市人節儉的本性，還有內外明確區分的東京家庭真面目，唯有我這個內外不分、只顧著不斷四處逃離常人生活的蠢蛋被徹底拋棄，甚至被堀木拋棄，這感覺令我很狼狽，在此我只想記下當時一邊使用紅豆湯那漆色斑剝的筷子，一邊深感落寞的這件事。

「不好意思，我今天還有事。」

堀木站起來，一邊穿外套一邊說，

「失陪了，不好意思。」

這時，有位女訪客來找堀木，我的命運也急轉直下。

堀木頓時生龍活虎，

「呀，不好意思。我現在正準備去找妳呢！都是這個人突然跑來。不，沒關係。來，請坐。」

他顯然手忙腳亂，我把自己坐的坐墊抽出來翻面遞過去，被他又搶回去再翻個面才遞給那個女人。房間裡，除了堀木的坐墊，就只有一個客用坐墊。

女人很瘦，個子很高。把坐墊推到一旁，在門口附近的角落坐下。

我懵懂聽著二人的對話，女人似乎是雜誌社的人，好像之前委託堀木畫插圖還是什麼東西，現在大概是來拿那個。

「我趕時間。」

「已經好了，早就畫好了。就是這個，請看。」

這時電報來了。

堀木看了電報，本來高興的臉頓時一沉，

「啐！喂，你看這是怎麼回事？」

是比目魚發來的電報。

「總之你現在就給我立刻回去，我本來該送你回去，但我現在沒那個閒工夫。你既然離家出走，就不要那麼一臉悠哉。」

「您住在哪裡？」

「大久保。」

我不假思索的回答。

「那樣的話，離我們公司很近。」

女人生於甲州，今年二十八歲，和五歲的女兒住在高圓寺的公寓，她說丈夫逝世已有三年。

「想必在成長過程中吃了不少苦吧！心思這麼細膩，真可憐。」

我第一次過起小白臉的生活，靜子（這是那個女記者的名字）去新宿的雜誌社上班後，我就與靜子五歲大的女兒茂子乖乖看家。以往，母親不在家時，茂子似乎都是在公寓管理員的房間玩，現在有個「心思細膩」的叔叔陪她玩，她好像非常開心。

我就這麼茫茫然待了一星期左右，公寓窗口旁的電線上，掛了一隻風箏，被春天灰撲撲的風吹來吹去已經破了，卻還是緊緊纏在電線上不肯離開，好像還在頻頻點頭，我每次看到那個不免苦笑，為之臉紅，甚至做惡夢不斷呻吟。

「好想要錢。」

「……要多少？」

「很多……俗話說床頭金盡緣也盡，那是真的呢。」

「太可笑了。那種老掉牙的說法……」

「會嗎？可是，妳不懂。再這樣下去，我說不定會逃走。」

「到底是誰比較窮啊？而且應該是誰要逃？真奇怪。」

「我想自己掙錢，用那筆錢買酒。不，買香菸。就連畫畫，我自認也比堀木那種人厲害多了。」

這種時候，在我腦海浮現的，是中學時代畫的那幾張被竹一稱為「妖怪」的自畫像。那是遺失的傑作，在我一再搬家的過程中雖已遺失，但唯獨那個，我覺得的確是非凡傑作。日後，就算我嘗試畫各種東西，還是遠遠不及回憶中的傑作，每每讓我陷入心頭空洞的無力喪失感。

一杯喝剩的苦艾酒。

對於那永遠難以彌補的喪失感，我偷偷如此形容。一提到畫畫，那杯喝剩的苦艾酒就會在我的眼前閃現。啊，好想讓這個人看那些畫，讓這個人相信我的繪畫天分，這樣的焦躁令我苦悶不已。

「呵呵，不見得吧！你一本正經地開玩笑真可愛。」

不是開玩笑，是真的。唉，好想讓她看我的自畫像。我獨自煩悶，驀然念頭一轉，索性放棄，改口說：

「是漫畫啦！至少，若是漫畫，我自認畫得比堀木好。」

那種唬弄人的玩笑之詞，反而讓她認真相信了。

「是啊！我也很佩服。你每次替茂子畫的漫畫，連我看了都忍不住爆笑。你何不試試看？我可以幫你拜託我們雜誌社的總編輯。」

她那個雜誌社，發行不太知名的兒童月刊雜誌。

……看到你，一般女人都會忍不住想替你做些什麼……因為你總是畏畏縮縮，可是偏偏又很滑稽……有時，你一個人看起來好消沉，那種憂鬱的樣子，反而更加撩動女人的芳心。

靜子另外還說過我很多，就算被捧得高高的，想到那說穿了是小白臉的猥瑣特質，只會令我更「消沉」，完全提不起精神。錢比女人重要，我私心只想擺脫靜子自食其力，雖然拚命動腦筋，結果反而不得不越來越依賴靜子，離家出走的善後問題，幾乎全是這個比男人還強的甲州女子在打點，最後倒讓我面對靜子不得不更加「畏畏縮縮」。

在靜子的安排下，比目魚、堀木還有靜子三人的會談成立，我被故鄉徹底斷絕關係，從此和靜子正大光明地同居，同時在靜子的奔走下也讓我的漫畫意外賺來不少錢，我拿那筆錢買酒，也買了香菸，但我的徬徨苦悶與日俱增。那真是「消沉」再「消沉」，替靜子的雜誌描繪每月連載漫畫

〈金多與尾多冒險記〉時，驀然想起故鄉的家，有時甚至會在過度落寞下再也動不了筆，就這麼低頭垂淚。

對於這種時候的自己而言，唯一能夠稍微安慰我的，就是茂子，茂子當時毫無芥蒂地喊我「爸爸」。

「爸爸，聽說只要祈禱，神就會答應任何要求，是真的嗎？」

我心想，我才真的需要那種祈禱呢。

神啊，請賜給我冷澈的意志，請讓我明白「人類」的本質。人即便排擠別人也無罪嗎？請賜給我憤怒的面具。

「嗯，對。若是茂子祈禱，神大概什麼都會答應，但是爸爸的祈禱恐怕不管用。」

我連神都害怕，我不信神的慈愛，只信神的懲罰。信仰，我覺得那只是為了讓人接受神的鞭笞，垂頭喪氣地走向審判台。就算地獄可以相信，我也無法相信天堂的存在。

「為什麼不管用？」

「因為我不聽爸媽的話。」

「噢？可是大家都說，爸爸是個大好人。」

那是我騙他們的，這棟公寓的人都對我抱有善意，這我知道，但是我不知有多害怕大家，越害怕就越被人喜歡，而且越被人喜歡我就越害怕，不得不遠離眾人，要向茂子說明這種不幸的毛病，實在太困難了。

「茂子想向神祈求什麼呢？」

我漫不經心地轉移話題。

「茂子想要茂子真正的爸爸。」

我愣住了，頭暈目眩。敵人，自己是茂子的敵人嗎？茂子是我的敵人嗎？總之，這裡也有威脅到我的可怕成年人。他人，費解的他人，充滿祕密的他人，茂子的小臉，頓時看似如此。

本以為唯有茂子是例外，果不其然，這個人也有「不意間拍死吸血蠅的牛尾巴」。從此，我甚至在茂子面前都不得不畏畏縮縮。

「色魔！你在嗎？」

堀木又開始主動來找我了，離家出走的那天，他明明讓我飽受冷落，但我還是無法拒絕他，微帶笑意去迎接。

「你畫的漫畫好像挺受歡迎的嘛！業餘的就是有這種天不怕地不怕的傻大膽所以我才受不了。不過，你可別得意忘形喔！因為你的素描功力一點也不像樣。」

他甚至擺出師傅的架勢，要是把我那「妖怪」畫作給這傢伙看，不知他會作何表情？我照例只能徒自苦悶，

「不要那麼說嘛！我會忍不住哀嚎。」

堀木越發得意洋洋，

「只有混社會的本事，遲早會露出馬腳喔。」

混社會的本事……我真的只能苦笑了。他居然說我有混社會的本事！但是，像我這樣怕人、避人、敷衍人，與遵奉俗諺所謂的「多一事不如少一事」這種伶俐狡滑的處世格言，能夠算是同樣的形式嗎？唉，人類彼此互不了解，簡直充滿誤解，偏又自以為是獨一無二的密友，一輩子都沒發

現那個真相，等到對方死了，可能還會哭著念什麼弔文吧。

堀木畢竟是（雖然肯定是被靜子強迫才勉強答應）出面替我收拾離家出走那個爛攤子的人，因此態度就像是我的再世恩人或月下老人，一臉理所當然地對我說教，再不然就是深夜醉醺醺地登門過夜，甚至還找我借五圓（每次的金額都是五圓）。

「不過，你拈花惹草的毛病最近也已經改了吧。再鬧下去，世間可不會原諒你喔。」

他口中的世間，究竟是指什麼？是多數人嗎？上哪去找世間那種東西的實體？不過，以往我一直認為那是強大、嚴苛、可怕的東西，被堀木這麼一說，驀然之間，

「所謂的世間，不就是你嗎？」

這句話已到舌尖，又不想激怒堀木，只好吞回去。

（世間可不會原諒你。）

（不是世間。是你不會原諒吧？）

（做那種事，會被世間狠狠收拾喔。）

（不是被世間。是被你吧？）

（你很快就會被世間葬送。）

（不是被世間。要葬送我的，是你吧？）

你也不瞧瞧你那可怕、怪誕、惡劣、老奸巨滑、老巫婆的德性！諸如此類的言詞在我心頭來來去去，但我拿手帕抹掉臉上的汗，

「我都冒冷汗了。」

只是笑著這麼說罷了。

然而，打從那時起，我就產生「世間該不會只是個人吧」的想法。

並且在我開始懷疑世間只是個人之後，比起以往，我多少可以憑自己的意志行動了。如果借用靜子的說法，我是變得有點任性，不再畏畏縮縮了。若借用堀木的說法，就是變得異樣小氣。若用茂子的說法，則是不再那麼疼愛茂子了。

我不說不笑，日復一日，一邊照顧茂子，一邊畫〈金多與尾多冒險

記〉，或者分明是模仿《悠哉老爹》[9]的「悠哉和尚」以及「急性子的阿品」這些標題唬爛得我自己都莫名其妙的連載漫畫，應付各家的邀稿（除了靜子的雜誌社，慢慢也有別家來邀稿了，但那些雜誌社比靜子的雜誌社更低級，是三流出版社的邀稿），我懷著滿腔陰鬱，慢吞吞地（我作畫速度算是非常慢），如今只是為了酒錢而作畫，然後等靜子下班回來，就和她交班，自己臭著臉外出，去高圓寺車站附近的路邊攤或小酒吧喝廉價烈酒，稍微快活後才回公寓，

「妳的長相越看越古怪耶！『悠哉和尚』的臉，其實就是從妳的睡臉得來的靈感。」

「你的睡臉也很蒼老喔！像個四十歲男人。」

「那還不都是妳害的，是被妳吸乾了。人生末卜似水流～毋須河畔空憂愁～」

9 麻生豐於一九二三年發表的知名四格漫畫。

「別鬧了，快點睡吧。還是你想吃飯？」

她一派鎮定，完全不搭理我。

「若有酒我倒想喝一點。人生未卜似水流～水流未卜……不，人生未卜似人流～」

我邊唱邊讓靜子替我脫衣服，把額頭抵著靜子的胸口入睡，這就是我的日常生活。

日日重複同樣的事，
只要依循一如昨日的慣例即可。
只要避開蕪雜巨大的歡樂，
自然也不會有巨大的悲哀降臨。
前方若有擋路的石頭，
蟾蜍會繞路而行。

當我看到上田敏[10]翻譯查爾．柯婁的這段詩句，我不由得臉如火燒。

蟾蜍。

（那就是我啊！世間對我已沒有原不原諒可言，也不是葬不葬送的問題。我是比小貓小狗更劣等的動物，我是蟾蜍，只會慢吞吞地動作。）

我的酒逐漸越喝越多，不只是在高圓寺車站附近，也跑去新宿、銀座那邊喝，甚至在外過夜，只是我刻意不再依循「慣例」，不是在酒吧做出無賴漢的舉動，就是親吻全場所有女人，換言之，我又像殉情之前……不，甚至比當時喝酒喝得更放蕩、更粗鄙，沒錢的時候，就拿靜子的衣物去典當。

至此，已離我對著那破風箏苦笑過了一年有餘，櫻花落盡冒出新芽時，我又把靜子的和服腰帶及襯裙之類的偷偷拿去當鋪換了錢，在銀座喝

10 上田敏（一八四七至一九一六年），詩人、評論家、英法文學家。文中引用的詩句出自他翻譯的詩集《牧羊神》中，法國詩人查爾．柯婁（Guy-Charles Cros）的詩作「世間的人們……」其中一節。

酒，連續二晚外宿，第三天晚上終於覺得不好意思，無意識地放輕腳步，躡足回到公寓的靜子房門前，室內傳來靜子與茂子的對話。

「為什麼要喝酒？」

「爸爸他啊，不是因為喜歡酒才喝喔。因為他人太好了，所以……」

「好人就要喝酒嗎？」

「也不是那樣……」

「爸爸看了，一定會大吃一驚吧。」

「說不定會討厭呢！妳看、妳看，從箱子蹦出來了。」

「好像『急性子的阿品』喔。」

「是啊。」

靜子打從心底感到幸福的低笑聲傳來。

我把門打開一條細縫往裡看，是小白兔。兔子在房間裡跳來跳去，母女倆追在後頭。

（這些人真幸福，像我這樣的笨蛋，介入這二人之間，很快就會毀滅這二人。小小的幸福，美好的母女。幸福……啊，如果神真的肯聽我這種人的祈禱，只要一次就好，一輩子一次就好，我衷心祈求幸福。）

我很想當場蹲下來合掌祈禱，但悄悄關上門後，我又去了銀座，再也沒回那間公寓。

然後，在京橋附近小酒吧的二樓，我再次當起了小白臉，無所事事的混日子。

我好像也對世間懵懵懂懂略有了解了，那是個人與個人之爭，而且是當場之爭，只要當場爭贏了就好，「人絕對不會服從人」，就連奴隸都會以奴隸慣有的卑微方式報復，所以人只能當場一決勝負，否則別無生存的餘地，嘴上標榜著冠冕堂皇的名義，努力的目標卻是個人，超越個人之後還是個人，世間的難以理解，就是個人的難以理解，汪洋不是世間，是個人。我終於多少擺脫對世間這個汪洋幻影的恐懼，不再像以前那樣漫無邊際地左思右想，我已懂得因應當下的必要、稍微厚著臉皮行動了。

離開高圓寺的公寓，我對京橋小酒吧的老闆娘說，

「我和她分手了。」

只說這句就已足夠，換言之勝負已定，自那夜起，我霸道地在那二樓住了下來，但是本該可怕的「世間」，並未對自己造成任何危害，而我也沒有對「世間」做任何辯解，只要老闆娘對我有那個意思，一切就行了。

我像是那間酒吧的客人，又像丈夫、又像跑腿打雜的，也像個親戚，在外人看來想必是來路不明的人物，「世間」卻一點也沒有起疑，那間酒吧的常客也小葉、小葉地親熱喊我，對我非常關懷，還請我喝酒。

我對這世間逐漸不再用心提防，我開始覺得，世間其實並沒有那麼可怕。換言之，自己過去的恐懼感，就像是被「科學的迷信」嚇唬，擔心春風中帶有幾十萬百日咳的黴菌、公共澡堂藏有幾十萬會讓人瞎掉的黴菌、理髮店有幾十萬禿頭病的黴菌、省線電車的吊環上有無數疥癬蟲，還有生魚片與烤得半熟的豬、牛肉必然藏有絛蟲的幼蟲以及吸蟲之類的蟲卵，光腳走路時腳底會被玻璃碎片刺穿，那個碎片會順著血管行經體內，最後到達眼球導致失明。的確，空氣中有數十萬黴菌浮游的說法，就「科學的角度」應是正確的。同時，現在我也已明白，只要我完全抹殺那個存在，那只不過是與自己毫無瓜葛、轉眼便會消失的「科學幽靈」。人們總說便當盒裡如果剩下三顆飯粒，一千萬人一天各剩三顆，就等於浪費了多少袋白米，或者如果一千萬人每天各節省一張衛生紙，不知可省下多少紙漿，諸如此類的「科學統計」以前不知讓我有多麼害怕。每次哪怕只是剩下一顆飯粒，或者擤一下鼻子，便會陷入浪費了成堆白米、成堆紙漿纖維的錯覺，好像自己犯下滔天大罪似地有種陰暗心情，不過那其實是「科學的謊言」、「統計的謊言」、「數學的謊言」，三顆米飯不是能夠匯集的東西，就算當作加減法的應用問題，也是極為原始且低能的題目，就像計算在沒開燈的昏暗廁所，人們進去幾次之後會有一次一腳踩空掉進糞坑，或者省線電車的乘客多少人當中有幾人會失足掉落電車出入口與月台邊緣縫隙的機率一樣可笑，那種事雖然的確有可能發生，但是真的掉進糞坑受傷的例子從來沒聽說過，可昨日之前的自己，把那樣的假說當成「科學的事實」學習，當成現實全盤接受，為之恐懼，想想還真是可憐又可笑，我等於現在才一點一滴慢慢了解世間這個實體。

不過，人類這種生物，依舊令我害怕，即便要與店裡的客人見面，也得等我灌下一杯酒之後再說。人往往是越可怕的東西就越好奇、越想看，我每晚還是去店裡，就像小孩有點害怕小動物反而偏要緊緊抓住，我甚至對店裡的客人醉醺醺地大談拙劣的藝術論。

漫畫家，但我是個既無巨大歡樂，亦無巨大悲哀的無名漫畫家。雖然內心焦慮地想著：事後來個巨大的悲哀也沒關係，總之我想要蕪雜巨大的歡樂，可自己現在的歡樂，不過是與客人講講無聊的廢話，喝喝客人請的酒。

來到京橋，這種無聊的生活已持續近一年，我畫的漫畫，除了兒童雜誌，也開始刊登在車站賣的那種粗俗猥瑣的雜誌上，我用上司幾太（與殉情未遂同音）這個胡鬧的化名，畫著下流的裸體畫，而且多半穿插《魯拜集》的詩句。

無用的祈禱何不停止
引人落淚之物索性拋開
來吧喝一杯　且記美好回憶
忘記多餘的煩憂

以不安與恐懼威脅人的傢伙
畏懼自己犯下的大罪
為了防備死者的復仇
終日動腦筋算計

昨晚　美酒令我心充滿喜悅
今朝　醒來徒留荒涼
奇怪　一夜之間
心情竟有如此轉變

別再想什麼報應
宛如遠方響起的鼓聲
總覺得令人不安
若連放個屁都得一一問罪那就沒救了

正義是人生的指針嗎？
那麼塗滿鮮血的戰場上
暗殺者的刀尖
又蘊藏何種正義？

何處有指導原理？
又有何睿智之光？
美麗又可怕的塵世

脆弱的人子扛起難以負荷的重擔

只因種下無能為力的情欲種子
便得受盡善惡罪罰之類的詛咒
我們無能為力手足無措
只因神沒有賜予摧折的力量與意志

你在何處徬徨
在做什麼批判　檢討　重新認識？
嘿！那是空虛的夢想　莫須有的幻想
嘿嘿！忘了喝酒　一切都是虛假的妄念

如何　請看這無垠的長空
我們只是其中渺小的一點

這地球為何自轉誰知道
自轉　公轉　反轉都隨便他

所到之處　皆感到至高的力量
在所有國家的所有民族
皆可發現同樣的人性
獨我成了異類嗎？

大家都讀錯《聖經》了
不然就是毫無常識與智慧
竟然禁止肉身的喜悅　還禁止喝酒
夠了　穆斯塔法　那最令我厭惡

（摘自《魯拜集》，由已故的堀井梁步翻譯）

然而當時，有個少女勸我戒酒。

「你這樣不行啦，每天從大白天就喝得醉醺醺。」

那是酒吧對面那家小香菸鋪的老闆女兒，年約十七、八歲。她叫做良子，膚色白淨，有對小虎牙。我每次去買菸，她都會笑著勸我。

「為什麼不行？為什麼不好？有多少酒就喝多少，人子啊，消除心中的憎惡吧。這是以前波斯的——算了不提那個，詩人還說：替悲傷疲憊的心帶來希望的，唯有令人微醺的玉杯。妳懂嗎？」

「不懂。」

「臭丫頭。小心我親妳喔！」

「你來呀。」

她毫不退縮地噘出下唇。

「笨蛋。要有貞操觀念……」

但是，良子的表情，有種分明沒被任何人汙染的處女氣息。

剛過完年的某個寒夜，我喝醉了去買香菸，掉進那個香菸鋪門前的人

孔。良子，快來救救我！我大叫，良子把我拽上來後，替我包紮右臂的傷口，當時良子很感慨，

「你真的喝太多了。」

她板著臉說。

我雖然不在乎死掉，但我絕對不想受傷、流血、缺胳臂、斷腿，因此一邊讓良子替我包紮手臂的傷，一邊暗想是否真的該戒酒了。

「我要戒酒，從明天起，一滴也不喝了。」

「真的嗎？」

「我一定會戒，如果我戒了，良子，妳嫁給我好不好？」

不過，叫她嫁給我當然是開玩笑。

「當當。」

當當是「當然好」的簡稱，當時很流行潮男、潮女之類的各種簡稱。

「好，我們打勾勾，我一定會戒掉。」

隔天，我照樣從中午就開始喝酒。

傍晚，我踉蹌出門，站在良子的店門口，

「良子，對不起喔。我喝酒了。」

「哎呀，討厭啦。你幹嘛假裝喝醉。」

我大吃一驚，醉意也醒了。

「不，是真的。我真的喝了，我沒有假裝喝醉。」

「你別逗我了，真是壞人。」

她絲毫不懷疑。

「妳看了就知道嘛！今天，我也是從中午就喝酒，請原諒我。」

「你的演技真好。」

「不是演戲啦，笨蛋。小心我親妳喔！」

「你來呀。」

「不，我沒那個資格。娶妳的事也得死心了。妳看我的臉，很紅吧？就是喝酒喝的。」

「那是因為夕陽照在臉上啦！別想騙我喔！昨天已經約定好了，你怎麼可能喝酒，都已經打勾勾了。說什麼喝了酒，都是騙人的、騙人的。」

看著坐在昏暗店內微笑的良子雪白小臉……唉，不知汙穢的童貞是尊貴的。過去，我從未和比自己年輕的處女睡過，結婚吧！就算事後會有巨大的悲哀降臨也無妨，且享受蕪雜的巨大歡樂，哪怕一生僅此一次也好，以前我以為童貞的美好不過是愚蠢的詩人甜美感傷的幻想，但我發現它果然活生生在這世上，結婚後等到春天，二人就一起騎腳踏車去看青葉瀑布吧！我當下如此決定，本著所謂的「當場一決勝負」，毫不遲疑地盜採那朵嬌花。

而我們，之後結婚得到的歡樂未必巨大，但後來降臨的悲哀，以淒慘來形容猶嫌不足，實在超乎想像地巨大。對我來說，「世間」果然深不可測，是個可怕的地方。絕非僅憑一場勝負便可搞定一切那麼好混。

二

堀木與我。

我們互相輕蔑卻又不時來往，而且彼此都自甘墮落，如果這就是人世所謂「交友」的姿態，那我與堀木的關係，顯然正是「交友」。

我仰賴京橋那間小酒吧老闆娘的俠義心（女人的俠義心，聽起來好像很奇怪，但是，根據我的經驗，至少以都會男女的情況而言，往往都是女人比男人更具有那種堪稱俠義心的精神。男人多半膽子很小，只顧著要面子，而且很小氣），與香菸鋪的良子私訂終生後，我在築地的隅田川附近、木造雙層小公寓的樓下租了一個房間，二人開始同居，我不再喝酒，也專心投入差不多已快成為我固定職業的漫畫工作，晚餐後我倆一起去看電影，回程就去咖啡店坐坐，或者買個花盆，不，更大的樂趣，是聆聽這個打從心底信賴我的小新娘說話，觀察她的一舉一動。說不定，如今我也漸漸變得像個正常人，不必採取悲慘的死法了？這樣的天真念頭才剛剛令我的心頭略有暖意，堀木就再次出現我眼前。

「嗨！色魔。咦？你這小子居然看起來稍微懂事了。我今天來，是充當高圓寺女士的使者。」

說到一半，他忽然壓低嗓門，朝正在泡茶的良子那邊努努下巴，問我有沒有關係，

「沒關係。有話你儘管說。」

我鎮定地回答。

實際上，良子堪稱信賴的天才，我與京橋那間酒吧老闆娘的事就不用說了，我把在鎌倉發生的殉情事件告訴她後，她也毫不懷疑我與恒子的關係，那並不是因為我撒謊撒得天衣無縫，有時，我甚至直接挑明了說，但對良子而言，那些好像全都是玩笑話。

「你還是一樣這麼自戀。放心，不是什麼大事，只是人家托我轉告你，偶爾也去高圓寺玩玩。」

每當我快要遺忘時，怪鳥就會振翅而來，用牠的尖喙戳破記憶的傷

口。過去的恥辱與罪惡的記憶，頓時在眼前歷歷分明，幾乎脫口驚叫的恐懼，令我再也坐不住。

「去喝酒吧！」

我說。

「好。」

堀木說。

我與堀木二人在外形上很相似，有時甚至讓人覺得是一模一樣的人。當然，那只限於到處喝廉價酒時，總之我倆只要一碰面，轉眼就會像是同樣外形同樣毛皮的小狗在下雪的巷子跑來跑去。

自那日起，我們等於重溫舊交，也一起去京橋那間小酒吧，最後，二隻爛醉如泥的狗甚至造訪高圓寺的靜子公寓，在那裡過夜隔天才回去。

那是我永難忘懷的悶熱夏夜。堀木在日暮時分穿著皺巴巴的浴衣來到我位於築地的公寓，他說今天基於某種必要已將夏裝典當，但若被家中老母知道會很麻煩，他想立刻贖回來，所以叫我先借錢給他再說。不巧我這裡也沒錢，於是我照例吩咐良子，把良子的衣物拿去當鋪換錢，借給堀木後還剩一點錢，於是我叫良子拿那剩下的錢去買燒酒，我倆去公寓樓頂，吹著隅田川不時微微飄來充滿泥腥味的河風，舉辦一場寒酸的納涼晚宴。

那時，我們開始玩喜劇名詞與悲劇名詞的判別遊戲。這是我發明的遊戲，名詞本就有男性名詞、女性名詞、中性名詞的區別，但是同時，我認為也該有喜劇名詞與悲劇名詞的區別，比方說，汽船與火車都是悲劇名詞，市營電車與公車都是喜劇名詞，不懂為何這麼區分的人不配談藝術，劇作家在喜劇中只要穿插一個悲劇名詞就已不及格，悲劇的場合亦然。

「準備好了嗎？香菸？」

我問。

「悲（悲劇的簡稱）。」

堀木當下回答。

「藥呢？」

「是藥粉還是藥丸？」

「打針。」

「悲。」

「會嗎？也有荷爾蒙注射呢。」

「不，絕對是悲。首先，針不就是標準的悲劇嗎？」

「好吧，算我認輸。不過，我告訴你，藥和醫生，那些出乎意料地是喜（喜劇的簡稱）喔。那死呢？」

「喜，牧師與和尚亦然。」

「說得好。那麼，生就是悲劇囉？」

「不對。那也是喜劇。」

「不，那樣的話，豈不是樣樣都成了喜劇。那麼，我再問你一個，漫畫家呢？這你總不會說是喜劇了吧？」

「悲，悲。特大號悲劇名詞！」

「搞什麼，大悲劇明明是你。」

變成這種三流冷笑話般的鬥嘴，雖然無聊，但我們自以為那遊戲在全世界的沙龍都不曾出現過，是非常風雅的遊戲，因此頗為得意。

當時我還發明了一個類似這個的遊戲。那是反義詞的遊戲。比方說黑的相反是白。但白的相反是紅。紅的相反是黑。

「花的相反是？」

我問，堀木撇嘴思考，

「呃，有家餐館叫做花月，所以是月。」

「錯，那樣不構成反義詞。反倒是同義詞，就像星星與紫羅蘭[11]，不也是同義詞嗎？那不是反義詞。」

「好吧，那就……蜜蜂！」

「蜜蜂？」

「牡丹對……螞蟻？」

「搞什麼，那是畫題。你不要打馬虎眼。」

11 天上的星星與地上的紫羅蘭，是指愛與熱情。這是明治時期浪漫主義、明星派詩人慣用的口號。

「那我知道了！花對雲……」

「應該是月對雲吧？」

「對對對。花對風[12]。是風。花的反義詞是風。」

「不妥吧，那是浪花曲[13]的歌詞。從說話就看得出出身不好喔。」

「不然就是琵琶。」

「那更不對了，花的反義詞啊……應該要舉出這世上最不像花的東西才對。」

「所以說，呃……等一下，搞什麼，原來是女人啊？」

「順便再問，女人的同義詞是？」

「內臟。」

「看來你真的不懂詩……那麼，內臟的反義詞呢？」

「牛奶。」

---

12 月對雲，花對風是一組對句。意指好事之後易有壞事發生。

13 以三弦琴伴奏的通俗說唱表演。明治、昭和時代廣受庶民歡迎。

「這倒有點意思，繼續保持，我再問一個。羞恥的反義詞？」

「不知羞恥。流行漫畫家上司幾太。」

「堀木正雄呢？」

到此我倆已漸漸笑不出來，喝燒酒喝醉後特有的陰鬱湧現心頭，宛如玻璃碎片充斥腦袋。

「你跩個屁啊。我還沒像你一樣受過被警察五花大綁的恥辱呢。」

我赫然一驚。堀木心裡原來並沒有把我當成真正的人看待，我只是個尋死不成、不知羞恥的愚蠢怪物，說穿了他只當我是「行屍走肉」，而且，為了他自己的快樂，能利用我就盡量利用，只不過是這樣的「交友」罷了，想到這裡，我自然沒有好心情，但是，堀木會這樣看待我，也是理所當然，我從小就好像沒資格當人，換個念頭想想，就算被堀木輕蔑或許也是應該的，

「罪！罪的反義詞是什麼？這題很難喔。」

我裝出不當回事的表情說道。

「是法律。」

堀木坦然回答，我不禁重新審視堀木的臉孔。在附近大樓閃爍的霓虹燈管紅光照耀下，他的臉孔看似魔鬼刑警般威嚴。我目瞪口呆，

「所謂的罪，應該不是指那種東西吧？」

他竟然說罪的反義詞是法律！不過，世間的人或許全都想得那麼簡單，心無旁騖地過日子。他們以為刑警不在的地方才有罪惡蠢動。

「不然你說是什麼？神嗎？我看你好像有點耶穌教的味道。那是很討人厭的味道喔。」

「你不要那麼輕易做結論。我倆再一起好好想想。這不也是有趣的題目嗎？只要看某人對這個題目的回答，好像便可知道那個人的全部。」

「怎麼可能。……罪的相反，是善。善良的市民。換言之，就是像我這樣的人。」

「別開玩笑了！不過，善是惡的相反。不是罪的相反。」

「惡與罪不一樣嗎？」

「我認為不一樣。善惡的概念是人製造出來的。是人自行創造的道德字彙。」

「真囉唆。那麼，答案應該還是神吧。神，神。不管什麼東西，只要回答神就不會錯。我肚子餓了。」

「良子現在正在樓下煮蠶豆。」

「太好了。我愛吃那個。」

我將雙手在腦後交叉，仰面躺下。

「你好像對罪這種東西毫無興趣。」

「那當然，因為我不像你那樣是罪人。我雖然愛玩，但我可沒有害死女人，也沒有捲走女人的錢。」

不是我害死的，我也沒有捲走女人的錢！雖然內心某處微微冒出拚命抗議的聲音，但是，再一次地，我立刻又犯了老毛病轉念暗想：不，的確是自己的錯。

我就是沒辦法理直氣壯地替自己辯解，燒酒那陰鬱的醉意，令心情越來越壞，但我拚命壓抑，幾乎像是自言自語地說：

「可是，並非只有關進牢裡才叫做罪。如果知道罪的相反是什麼，應該便可掌握罪的實體了……神……救贖……愛……光明……但是，神有撒旦這個相反詞，救贖的相反想必是苦惱，愛的相反是恨，光明的相反是黑暗，善對惡，罪與祈禱，罪與懺悔，罪與告白，罪與……唉，那些都是同義詞，罪的反義詞究竟是什麼？」

「罪（tsu-mi）的反義詞是蜜（mi-tsu）。像蜜一樣甜。我肚子餓了。你快去拿點吃的來。」

「你不會自己去拿！」

幾乎是有生以來頭一遭，我發出暴怒的吼聲。

「好，那我就去樓下，與良子一同犯罪吧。紙上談兵不如實際檢測。罪的相反，是蜜豆，不，是蠶豆嗎？」

他已醉得幾乎口齒不清。

「隨便你。愛去哪就去哪！」

「罪與饑餓，饑餓與蠶豆，這是同義詞吧。」

他一邊胡言亂語一邊起身。

罪與罰[14]。杜斯妥也夫斯基。那個名字，倏然閃過腦海一隅，我忽然驚覺。說不定，那位杜氏，沒把罪與罰當成同義詞，而是當成反義詞並列？罪與罰，絕對不相通，就像水火不容。把罪與罰視為反義詞的杜氏筆下的綠藻、腐臭的水池、一團亂麻的最底層……啊，我快要懂了，不，還沒……就在思緒如走馬燈轉個不停時，

「喂！要命，蠶豆出事了。你快來！」

堀木的聲音與臉色都變了。他剛剛才搖搖晃晃起身離開，結果立刻又跑回來了。

「幹嘛？」

我倆殺氣騰騰地從樓頂衝下二樓，從二樓又繼續往樓下的房間跑時，

---

14 《罪與罰》是俄國文學家杜斯妥也夫斯基的小說。描寫貧窮的大學生拉斯柯尼科夫殺死放高利貸的老太婆，在擁有純潔靈魂的妓女索妮雅勸說下自首投案。

堀木在樓梯上駐足，

「你看！」

他小聲指給我看。

我的房間上方有一個小窗，從那裡可以看見室內。室內開著燈，裡頭有兩隻動物。

我頭暈眼花，一邊劇烈呼吸一邊在心裡低語：這也是人的一種面貌，這也是人的一種面貌，沒啥好大驚小怪的……我甚至忘記去救良子，就這麼站在樓梯上呆掉了。

堀木大聲咳嗽。我一個人像逃命似地又跑到樓頂躺下，仰望飽含水氣的夏日夜空，當時襲擊自己的感情，不是憤怒，不是厭惡，同時，也不是悲哀，是非常強烈的恐懼。而且不是對墓地的鬼魂那種恐懼，是在神社的杉林中遇到穿白衣的神靈化身時，或許會感到的那種不容分說的、遠古的暴虐恐懼感。我的少年白頭，就是始自當晚，我逐漸對一切失去自信，逐漸無止境懷疑他人，永遠遠離對這人世生活的一切期待、喜悅、共鳴。其實，那在我的一生中，是關鍵性的事件。我彷彿被人當頭劃破眉心，從此之後，那道傷口，無論接近任何人都會刺痛。

「我很同情你，但是這下子你應該也多少學到教訓了吧！我不會再來這裡了，這兒簡直是地獄……不過，你要原諒良子。因為你自己也不是什麼好東西，我走了。」

堀木可沒有笨到會在尷尬的場合逗留太久。

我爬起來，獨自喝燒酒，然後，我放聲大哭。哭了又哭，哭了又哭。

不知幾時，良子端著裝滿成堆蠶豆的盤子，茫然站在我背後。

「他說不會對我怎樣……」

「夠了。別說了。妳天生就不懂得懷疑人。坐吧。吃豆子。」

我們並肩坐著吃蠶豆。唉，信賴也是一種罪嗎？對方是年約三十不學無術的矮小商人，每次來找我畫漫畫總是裝腔作勢地丟下一點稿費。

那個商人之後果然沒再來過，但對我而言，不知何故，比起對商人的憎恨，起初發現時沒有立刻大聲咳嗽或採取行動，就這樣轉身回樓頂通知我的堀木更令我憤恨，氣得我在失眠的夜裡坐起來呻吟。

沒什麼原不原諒可言。良子是信賴的天才。她從來不懂得懷疑人。但是，因此才悲慘。

我要問神。信賴也是一種罪嗎？

比起良子遭人玷汙，良子對人的信賴遭到玷汙，才成了我日後幾乎活不下去的苦惱根源。對於像我這樣整天畏畏縮縮只顧著看別人的臉色，相信他人的能力早已龜裂的人而言，良子純潔無瑕的信賴心，就像青葉瀑布一樣清新。結果一夜之間，那竟然變成黃色汙水。看吧，良子自那夜起，甚至開始在意我的一顰一笑。

「喂！」

只要我這麼一喊，她就渾身哆嗦，不知該把眼睛往哪裡放。即便我努力逗她發笑，插科打諢，她還是戰戰兢兢，畏畏縮縮，動不動就對我使用敬語。

到頭來，純潔無瑕的信賴心，就是罪的源泉嗎？

我找了很多有夫之婦被侵犯的故事書來看。但是，我想恐怕沒有一個女人像良子那樣悲慘地遭到侵犯。畢竟，這根本無法成為故事。那個矮子商人與良子之間，若有一點點近似戀愛的感情，或許我心裡反而會覺得好過一點，但是，夏季的一夜，良子付出了信賴，然後，僅止於此，而我的眉心也因此從正中間劃出深刻痕跡，聲音嘶啞出現少年白頭，良子終其一生不得不畏畏縮縮。一般故事，好像都把重點放在丈夫是否原諒妻子的「行為」，但那對我而言，並不是值得苦惱的大問題。我甚至在想，保留原諒與否那種權利的丈夫或許才是幸福的。如果真的覺得絕對不能原諒妻子，根本用不著鬧那麼大，直接與妻子離婚再娶一個就好了，假使做不到，就用所謂的「原諒」忍下這口氣，反正不管怎樣全憑丈夫的一念之間便可圓滿收場。換言之，像那種事件，對丈夫而言的確是很大的打擊，但是，那也只是一場「打擊」，和總是日復一日來來去去的海浪不同，在我看來那是有權利的丈夫憑著那股怒氣怎樣都可以處理的糾紛。然而，我們的情況不同，我身為丈夫毫無權利，仔細想想甚至好像一切都是自己的錯，別說是憤怒了，我連一句抱怨也不能說，而做妻子的，也是因為她具有的罕見美德才會遭到侵犯。而且那種美德，是丈夫之前就一直憧憬的純潔無瑕的信賴心，令人萬分憐惜。

純潔無瑕的信賴心是一種罪嗎？

就連原本唯一指望的美德，都開始產生疑問，我已經什麼都不明白了，我能投靠的，唯有酒精。我的臉部表情變得極端猥瑣，從早上就開始喝燒酒，牙齒紛紛掉落，也開始畫近似色情畫的漫畫。不，我就老實說吧。從那時起，我私下販賣春宮畫的仿作。因為我需要錢買燒酒。看到每次都不敢正眼看我縮頭縮腦的良子，我就會心生懷疑：這丫頭是個完全不知戒備的女人，所以她和那個商人該不會不只一次了吧？那她和堀木呢？不，說不定還有我不認識的其他對象？但我又沒有勇氣豁出去質問她，那種不安與恐懼幾乎令我痛苦得滿地打滾，只有喝燒酒灌醉自己後，我才敢戰戰兢兢地稍微旁敲側擊試著套話，內心可笑地一喜一憂，表面上，卻格外耍寶，之後，再對良子做出悲慘地獄的愛撫，這才沉睡如泥。

那年年底，我在深夜爛醉返家，想喝糖水，但良子好像已經睡了，我就自己去廚房找糖罐，打開蓋子一看，裡面沒有砂糖，只放了一個黑色細長的小紙盒。我隨手拿起，看到盒子上的標籤不禁愕然。那個標籤已被指甲摳掉一大半，但是洋文的部分還在，那上面寫得清清楚楚。DIAL。

DIAL。當時我都是喝燒酒，沒有使用安眠藥，但是失眠已成了我的老毛病，所以一般安眠藥我都很熟悉。這樣一盒DIAL安眠藥，我記得應該已超過致命量。盒子還沒拆封，不過，肯定是遲早打算動手才會藏在這種地方，而且還特地把標籤撕掉。真可憐，那丫頭看不懂標籤的洋文，所以只用指甲摳掉一半，大概以為這樣就沒問題了。（這不是妳的錯）。

我盡量不發出聲響，悄悄在杯中裝滿水，再緩緩拆開盒子，一口氣全部倒進口中，慢條斯理地喝光杯中的水，然後關燈就寢。

之後那三天三夜，據說我就像死了一樣。醫生好像以為是誤服過量，所以猶豫著沒有報警。在我快要清醒時，首先喃喃咕噥的囈語，據說是「我要回家」。這個「家」指的是哪裡，連我自己都不太清楚，總之聽說我講出那句話後就大哭不止。

霧氣逐漸散去，一看之下，比目魚很不高興地坐在枕畔。

「上次也是年底發生的，彼此都已忙得暈頭轉向了，每次偏偏還要挑年底最忙的時候搞出這種事，我這條老命可撐不住。」

正在聽比目魚說話的，是京橋那間酒吧的老闆娘。

「老闆娘。」

我喊道。

「嗯，什麼？你醒了？」

老闆娘的笑臉遮在我臉孔上方說。

我不停落淚，

「讓我與良子分手吧。」

自己也沒想到的話語脫口而出。

老闆娘直起身子，微微嘆息。

之後我做出了意想不到，不知該說是滑稽還是愚蠢的失言。

「我要去沒有女人的地方。」

先是比目魚哇哈哈地放聲大笑，接著老闆娘也吃吃笑，我流著眼淚也不禁面紅耳赤，報以苦笑。

「嗯，那樣最好。」

比目魚沒完沒了地笑個不停，

「去沒有女人的地方最好，有女人在，絕對沒好事。去沒女人的地方，這倒是好主意。」

沒有女人的地方。然而，自己這種愚蠢的囈語，日後，非常悲慘地實現了。

良子好像認定我是代替她服毒，對我的態度比以前更加畏縮，不管我說什麼她都不笑，而且也難得開口說話，因此我也不想待在公寓，忍不住外出，照舊猛灌廉價烈酒。不過，自從安眠藥事件以來，我的身體日漸瘦削，手腳無力，漫畫的工作也懶得做，當時，比目魚來探視時留下的錢（比目魚說那是「澀田的一點心意」，好像是他自掏腰包似地拿錢給我，但那應該也是家鄉的哥哥們給的錢。此時，我已和當初逃離比目魚家的時候不同，可以隱約看穿比目魚那種裝模作樣的演技了，所以我也很滑頭地假裝完全沒察覺，還鄭重為那筆錢向比目魚道謝，但是，比目魚他們為何非要這樣迂迴地故弄玄虛，我似懂非懂，總之讓我感到心情很怪異），我用那筆錢鼓起勇氣一個人去了南伊豆的溫泉，但我的個性實在無法那樣悠長地四處泡溫泉，想到良子我就無限心酸，實在沒有從旅館房間眺望山景的平靜心緒，我連旅館提供的棉袍也沒換，也沒去泡溫泉，衝出門就一頭撞進看似破舊茶店的地方，叫了燒酒，而且是牛飲，只不過是把身體搞得更差就回東京了。

那是東京下大雪的夜晚。我醉醺醺地走在銀座後巷，翻來覆去地低聲吟唱此地離鄉幾百里[15]、此地離鄉幾百里，一邊拿鞋尖踢著下個不停的雪花，突然間，我吐了。那是我第一次吐血。雪地上出現大大的太陽旗。我

15 日俄戰爭時流行的軍歌《戰友》的歌詞。真下飛泉作詞，三善和氣作曲。

蹲了一會，然後，雙手捧起沒被弄髒的雪，一邊洗臉一邊哭泣。

此地是何處的小路？

此地是何處的小路？

哀婉的童女歌聲宛如幻聽，縹緲自遠方傳來。不幸。這世上，有各種不幸的人，不，就算說全都是不幸的人亦不為過吧，但是，那些人的不幸，可以對世間公然抗議，而「世間」也很容易理解那些人的抗議報以同情。然而，我的不幸，全都是因我的罪惡而起，我無從向任何人抗議，況且就算我結結巴巴剛開口講一句略帶抗議的話，哪怕不是比目魚，世間眾人肯定也會目瞪口呆地心想虧你開得了那種口，我到底是俗稱的「任性妄為」，抑或相反是太軟弱，我自己也不明白，總之我似乎渾身充滿罪惡，只會不斷招來更多不幸，卻毫無具體的防堵方法。

我站起來，決定先隨便買點成藥再說，走進附近的藥房，與那家老闆娘打照面，霎時之間，老闆娘像被閃光燈照到那般抬頭瞪眼，呆立原地。不過，她瞪大的眼中，沒有驚愕或嫌惡，倒是流露出似求救、似仰慕的神色。唉，這個女人肯定也是不幸的人，因為不幸的人對別人的不幸也特別敏感。正當我這麼暗想時，驀然間，我發現那個老闆娘拄著拐杖顫巍巍地站立。我壓抑很想跑過去的衝動，繼續與那老闆娘互看，最後竟落淚了。於是，老闆娘的大眼睛也滾滾掉下淚珠。

就此，我一句話也沒說，走出那間藥房，踉蹌回到公寓，讓良子替我調了一杯鹽水喝下，默默就寢，隔天也謊稱有點感冒整天躺著，晚間，我的祕密咳血令我非常不安，起床去那間藥房，這次我笑著對老闆娘非常誠實地說出自己到目前為止的身體狀況，找她商量。

「你得戒酒才行。」

我們親密如家人。

「說不定已酒精中毒。我現在就想喝。」

「那不行。我先生也有肺結核的毛病，卻宣稱酒精可以殺菌，整天喝酒，自己縮短了壽命。」

「我很不安，我害怕，我真的不行了。」

「我拿藥給你。但是唯獨酒，還是得戒掉。」

老闆娘（她是寡婦，有個兒子，本來就讀千葉還是哪裡的醫大，不久便罹患與父親同樣的疾病，只好休學住院，家裡還躺著中風的公公，老闆娘自己在五歲時罹患小兒麻痺，有一隻腳完全廢了）喀喀喀地撐著拐杖，替我四處從架子與抽屜取來種種藥品。

這個，是造血劑。

這是維他命的注射液。針筒在這裡。

這是鈣片。為了避免弄壞腸胃，這是健胃消化劑。

這是某某。這是某某。她滿懷關愛地說明了五、六種藥品，但是，這位不幸的老闆娘的關愛，對我來說還是太沉重。最後老闆娘說，這是真的很想喝酒、非喝不可、實在忍不住時吃的藥。她迅速給我一個包著紙的小盒子。

那是嗎啡的注射液。

老闆娘說那個不像酒的害處那麼大，我也相信了，況且，我正感到喝醉之後醜態百出很骯髒，再加上終於能夠擺脫酒精這個撒旦的喜悅，於是我毫不猶豫地拿起針筒把那嗎啡注入手臂。不安、焦躁、羞澀，全都消失得乾乾淨淨，我變得非常開朗雄辯滔滔。而且，注射那個後，我也能忘記身體的衰弱，專心投入漫畫的工作，邊畫邊產生源源不斷的奇思妙想。

本來打算一天注射一瓶，之後變成二瓶，等到變成四瓶時，我已經不靠那個就不能工作了。

「不得了，萬一中毒成癮，那就真的糟了。」

被藥房老闆娘這麼一說，我也感到自己好像的確已是嚴重中毒（我的個性本就非常容易受人暗示。只要人家說「就算告訴你這筆錢不能花，以你的作風肯定不會聽」，我就會產生一種怪異的錯覺，好像不花錢就對不起別人的期待，於是一定會立刻花掉那筆錢），害怕染上毒癮的不安，反而促使我買下大量藥品。

「拜託！再給我一盒。月底我一定會付清。」

「錢是小事，隨時給都沒關係，但警察那邊查得很嚴。」

唉，我的周遭總是有某種混濁陰暗、見不了光的可疑氣息纏繞不去。

「拜託妳幫幫忙掩飾過去，我求妳了，老闆娘。我可以親吻妳。」

老闆娘一聽，臉都紅了。

我再加把勁，

「沒有藥的話我完全無法工作，那對我來說就像是壯陽藥。」

「那你乾脆注射荷爾蒙不是更好？」

「別傻了。只能靠酒，再不然，就是那種藥，否則我無法工作。」

「酒不行。」

「對吧？我啊，自從使用那種藥之後，一滴酒也沒喝過。多虧有它，我身體的狀況變得非常好。我當然也不想一直畫那種三流漫畫。今後我要戒酒，養好身體，好好用功，將來一定要變成偉大的畫家給妳看。現在正是緊要關頭。所以拜託啦，真要我吻妳嗎？」

老闆娘笑出來，

「真拿你沒辦法。上癮了我可不管喔。」

她拄著拐杖喀喀發出聲音，自架上取出那種藥品，

「我不能給你一整盒。你一定會立刻用光。只能給一半。」

「真小氣，算了、沒辦法。」

回到家，我立刻打了一針。

「不痛嗎？」

良子惶恐地問我。

「那當然很痛。可是，為了提高工作效率，就算不情願也得打這玩意。最近，妳看我精神很好吧？好了，我要工作了。工作！工作！」

我很亢奮。

也曾深夜去敲藥房的門。老闆娘穿著睡衣，拄著拐杖喀喀喀出來，我二話不說就抱著她親吻，假裝哭泣。

老闆娘默默交給我一盒藥。

藥品也與燒酒一樣，不，比燒酒更可恨更骯髒，等我深深明白這點時，我已完全染上毒癮了。真是不知羞恥到極點。我一心只想得到那種藥

品，又開始仿作春宮畫，甚至與藥房那個殘障的老板娘發生名符其實的醜陋關係。

好想死，乾脆死掉算了，一切已無法挽救了，不管做什麼事，不管怎麼做，都只會失敗，只會恥上加恥。騎腳踏車去什麼青葉瀑布，根本不是我該奢望的，那只會在汙穢的罪上添加下流的罪，讓苦惱變得更大更強烈而已，好想死，非死不可，活著就是罪的泉源。即便這麼鑽牛角尖，我還是半狂亂地在公寓與藥房之間一再往返。

縱使做再多的工作，藥物的使用量也隨之增加，因此欠的藥錢已累積到可怕的金額，老闆娘每次見到我就浮現淚花，我也跟著落淚。

地獄。

若要逃離這地獄只剩最後的手段，如果這招也失敗了，就只能上吊了。抱著這種幾近賭上神存在與否的決心，我給故鄉的父親寫了一封長信，把我的實情全部（但女人的事終究不敢寫）和盤托出。

然而，結果只變得更糟，我等了又等也沒等到任何回音，反因那種焦躁與不安，增加了用藥量。

就在我暗自下定決心，今晚要一口氣注射十針然後跳進大河的當天下午，比目魚好似憑惡魔的直覺嗅到異樣，帶著堀木出現了。

「聽說你咳血是嗎？」

堀木盤腿坐在我面前說，他前所未見地對我溫柔微笑。那溫柔的微笑，令我感激又欣喜，我忍不住撇開臉落淚。只因他的一個溫柔微笑，我就被完全打垮，徹底葬送。

我被送上汽車，比目魚以平心靜氣的口吻（那是我甚至想用慈悲來形容的平靜口吻）勸我：總之你必須立刻住院，剩下的交給我們處理就好。我就像毫無意志與判斷力的人，只是哭哭啼啼唯唯諾諾聽從他們兩個的話。再加上良子，我們四人坐汽車長途跋涉，等到四周天色微暗時，終於抵達森林裡某間大醫院的玄關。

我還以為是療養院。

我接受了年輕醫師格外委婉、鄭重的診察，然後醫師簡直像是害羞般微笑說：

「哎，暫時得在這裡靜養喔。」

比目魚和堀木還有良子，把我一個人留下就要離開，但良子把裝有換洗衣物的包袱交給我，接著又默默從腰帶取出針筒和剩下的那種藥品。她果然一直以為那是壯陽藥嗎？

「不，已經不需要了。」

這實在很稀奇，自己竟然拒絕了別人的建議，在我過往人生中堪稱僅有那麼一次也不為過。我的不幸，是沒有拒絕能力者的不幸。我一直害怕自己如果拒絕別人的提議，會在對方與自己的心上留下永遠無法修復的明顯裂痕。但是，那一刻，我卻很自然拒絕了曾經如此狂亂渴求的嗎啡。或許是被良子那種「近似於神的無知」打動吧。在那一瞬間，或許我已不再有毒癮了。

然而，之後我立刻被那害羞微笑的年輕醫師帶去某棟病房大樓，喀擦上鎖。那是精神病院。

之前服用安眠藥時，我說要去沒有女人之處的愚蠢囈語，竟然奇妙地實現了。那座病房大樓，全是男瘋子，看護也是男的，沒有一個女人。

現在，我已不只是罪人，更是瘋子。不，我絕對沒有瘋。哪怕只是一瞬間我也沒有發瘋。然而，啊，據說瘋子多半會說自己沒有瘋。換言之，被送進這間醫院的人是瘋子，沒被送進來的人好像才是所謂的正常人。

我要問神。不抵抗也是一種罪嗎？

堀木那不可思議的美麗微笑令我哭泣，忘了判斷也忘了抵抗就這麼坐上汽車，然後被帶來這裡，變成瘋子。現在，就算我可以離開這裡，瘋子，不，廢人的記號想必也已烙印在額上了。

我失去做人的資格。

我已完全不再是人。

來到這裡時是初夏，從鐵欄杆窗子可以看見醫院庭園的小池塘開了紅色的睡蓮，過了三個月，庭園開始綻放波斯菊，故鄉的大哥意外帶著比目魚來接我出去，他照例以那一絲不苟的緊繃口吻說：父親在上個月底已因胃潰瘍過世，我們不打算再追究你的過去，也不會讓你操心生活，你什麼都不用做，相對的，雖然想必還有種種留戀，但你必須立刻離開東京，去鄉下過療養生活，你在東京闖的禍，澀田應該已大致收拾善後，所以那方面你不用在意。

故鄉的山河似在眼前，我微微點頭。

我真的成了廢人。

得知父親過世後，我越發失魂落魄。父親不在了，那個從不曾有片刻離開我心中，令我懷念又可怕的人，已經不在了。我覺得盛裝自己苦惱的罈子頓時變得空空如也，甚至懷疑以往那個罈子之所以異樣沉重，或許也是父親的關係。我好像一下子洩了氣，連苦惱的能力也已喪失。

大哥正確執行對我的約定，在距離我生長的小鎮搭火車約需四、五個小時的南方，有個東北罕見的溫暖海濱溫泉區。長兄就在那個村郊，買了一座雖有五個房間但是相當老舊，牆壁已剝落，柱子也被蟲蛀，幾乎無從修理的茅屋給我，還附贈一個年近六十長得很醜的紅髮女傭。

之後過了三年多，其間，我數度被那個名叫阿鐵的老女傭以古怪的方式冒犯，偶爾也開始像夫妻一樣吵架，我的肺病時好時壞，忽胖忽瘦，不時還會咳血，昨日，我叫阿鐵替我跑腿，去村子的藥房買卡莫汀，結果她買回來的卡莫汀與以往的包裝盒不同，我當時也沒在意，但睡前吃了十顆還是毫無睡意，本來還覺得奇怪，後來肚子就不對勁了，我急忙衝進廁所結果嚴重拉肚子，而且，之後又接連跑了三次廁所。我再也捺不住懷疑，仔細一看藥盒，那原來是叫做海莫汀的瀉藥。

我仰面躺下，把熱水袋放在肚子上，一邊盤算要好好向阿鐵抱怨。

「妳看看，這根本不是卡莫汀。這是海莫汀。」

說到一半，我忍不住呵呵笑了起來。這下子「廢人」好像是喜劇名詞。想睡覺結果吃了瀉藥，而且，那種瀉藥正好叫做海莫汀。

現在的我，沒有幸福或不幸可言。

只不過，一切都會過去。

在我至今都痛苦哀號如在地獄的「人間」世界，唯一看似真理的，僅有那個。

只不過，一切都會過去。

我今年二十七歲。頭上添了不少白髮，因此在一般人眼裡，都以為我已年過四十。

後記

寫這篇手記的瘋子，我其實不認識。不過，貌似這篇手記裡出現的那位京橋小酒吧老闆娘的人物，我倒是略有所知。她的身材嬌小，臉色欠佳，眼睛細細吊起，鼻子高挺，與其稱為美女，更適合稱為美男子，給人的感覺有點強硬。在這篇手記中，似乎主要是在描寫昭和五、六、七年當時的東京風景，但我被友人帶著去過兩、三次那間京橋的小酒吧喝威士忌蘇打，是在日本「軍部」終於開始露骨囂張的昭和十年左右，所以寫這篇手記的男人，我並無機會目睹。

就在今年二月，我造訪疏散至千葉縣船橋市的友人。那位友人，算是我大學時代的同學，目前在某女子大學擔任講師，其實我曾委託這位友人撮合我家親戚的婚事，所以這次就是為了那件事，另外也想順便買點新鮮的海產給家人吃，於是背著背包前往船橋市。

船橋市是個面臨泥海的大城市。友人才搬來不久，即便我向當地人詢問他家的地址，也問不出什麼所以然。天氣寒冷，再加上扛著背包的肩膀很痛，我在小提琴唱片樂聲吸引下，推開某間咖啡店的門。

那間店的老闆娘很眼熟，一問之下，竟是十年前京橋那間小酒吧的老闆娘。她好像也立刻想起我是誰，彼此誇張地驚呼，大笑，然後一如這種時候必然會出現的情形，不等對方問起就主動自豪地談起那場空襲時逃難出來的經歷。

「不過，妳倒是一點也沒變。」

「哪裡的話，我已經是老太婆，身體都不聽使喚了。哪像你，還這麼年輕。」

「沒那回事。家裡小孩都三個了。今天就是為了他們出來買東西。」

諸如此類，這同樣也是久別重逢者必然會有的寒暄，然後，我倆互相詢問共同的友人近來的消息，在聊天過程中，老闆娘忽然語氣一變，問我是否認識小葉。我回答不認識，老闆娘走到店內深處，取來三本筆記本以及三張照片交給我，

「或許可以當作小說的材料。」

她說。

我向來無法寫別人硬塞來的材料，所以本來想當場退還給她，但照片吸引了我（關於那三張照片的古怪，我已在前言提到），我決定暫時先收下筆記本，我說回程還會再經過這裡，問她是否知道某區某巷某某戶在女子大學當老師的人，果然老闆娘也是新搬來的，還真的知道。據說我那位友人偶爾會來這間咖啡店。住處就離這裡不遠。

那晚，我與友人喝了一點小酒，留在他家過夜，我徹夜未眠，埋頭閱讀那幾本筆記。

手記裡寫的，雖然是陳年舊事，但就算是現代人看了肯定也會極感興趣。與其由我拙劣地改寫，不如直接交給哪家雜誌社發表，我想會更有意義。

帶給孩子們的海產，只有乾貨。我背著背包離開友人家，又順路去了那家咖啡店，

「昨天謝謝妳。對了……」

我立刻道出正題，

「這筆記本，可以暫時借給我嗎？」

「好啊，請便。」

「這個人，現在還活著嗎？」

「這個嘛，我也不知道。大約十年前，那幾本筆記與照片寄到我京橋的店裡，寄件人肯定是小葉，但那包裹上連小葉的住址和姓名都沒寫。空襲時，糊裡糊塗地夾在其他行李中，而且不可思議地保存下來了，前不久，我才第一次全部看完……」

「看完妳哭了嗎？」

「沒有，與其哭泣……沒用吧，人變成那種地步，已經沒救了。」

「算來已過了十年，他說不定過世了，大概是為了向妳致謝才寄給妳。雖然有些地方寫得有點誇張，不過看來妳也被他嚴重拖累。如果這裡面寫的都是事實，而且我是這個人的朋友的話，說不定我也會起意送他去精神病院。」

「都是那個人的父親不好。」

她不當回事地說。

「我們認識的小葉，非常誠實，很貼心，他如果不喝酒，不，就算喝了酒……也是個像神一樣的好孩子。」

太宰治年表

一九〇九年

六月　十九日於日本青森縣北津輕郡金木村出生，是父親津島源右衛門與母親夕子的第六個兒子。本名津島修治。津島家是縣內首屈一指的大地主。上有五兄四姊。

一九二三年——十四歲

三月　父源右衛門於東京過世。

一九二五年——十六歲

三月　在青森中學校《校友會誌》發表第一篇創作〈最後的太閣〉。

八月　在他與同學創辦的同人誌《星座》發表戲曲〈虛勢〉。

十一月　創辦同人誌《蜃氣樓》，為編輯、裝禎設計四處奔走，就在這時起意成為作家。

一九二七年——十八歲

邂逅藝妓紅子（小山初代）。

一九二九年——二十歲

十二月　受到共產主義影響，因家中背景苦惱，吞服卡莫汀（安眠藥）自殺未遂。

一九三〇年——二十一歲

四月　進入東京帝國大學法文科就讀。

五月　拜訪井伏鱒二，之後長年師事。

十月　小山初代離家出走來到東京。大哥為此到東京解決此事。初代暫時返鄉。

十一月　與銀座的女服務生田部志免子在鎌倉吞服卡莫汀安眠藥自殺，只有太宰獲救。被控自殺幫助罪獲得緩起訴。熱心投入左派運動。

一九三二年——二十三歲

七月　去青森警署報到，遭拘留數日後脫離左派運動。

一九三三年——二十四歲

二月　以太宰治的筆名在《東奧日報》週日增刊發表〈列車〉。加入古谷綱武、木山捷平等人創辦的同人誌《海豹》。

四月　在《海豹》六、七月號分載〈回憶〉。

一九三四年——二十五歲

四月　在古谷綱武、檀一雄等人的同人誌《鷭》第一集發表〈葉〉。

七月　在尾崎一雄等人的同人誌《世紀》發表〈他已非昔日的他〉。

十二月　在今官一、中原中也等人創辦的同人誌《藍花》創刊號發表〈Romanesque〉。

一九三五年——二十六歲

二月　於《文藝》發表〈逆行〉。

三月　參加都新聞社入社考試不幸落榜，在鎌倉的山中自縊未遂。

四月　盲腸炎併發腹膜炎，服用止痛藥帕比納爾（PAVINAL）成癮。

八月　〈逆行〉與〈小丑之花〉被推薦入圍第一屆芥川獎，但只得到第二名。

九月　因未繳學費遭到東京帝大開除。

一九三六年——二十七歲

二月　因使用帕比納爾止痛劑成癮住進芝區的濟生會醫院，不待完全康復便出院。

六月　出版第一本創作集《晚年》。

十月　在《新潮》發表〈創生記〉。在井伏鱒二的建議下，住進江古田的武藏野醫院徹底根治藥癮，一個月後病情好轉出院；住院期間妻子初代與人通姦。

一九三七年——二十八歲

三月　與初代去水上溫泉，自殺未遂。回到東京後，與初代分手。

四月　在《新潮》發表〈HUMAN LOST〉。

六月　出版《虛構的徬徨、Das Gemeine》。

七月　出版《二十世紀旗手》。

一九三八年——二十九歲

九月　與甲府的石原美知子訂婚。

十月　在《新潮》發表〈姥捨〉。

一九三九年——三十歲

一月　於井伏家舉行婚禮。

二月　在《文體》連載〈富嶽百景〉。

四月　〈黃金風景〉入選《國民新聞》的短篇獎。

五月　出版創作集《關於愛與美》。

七月　出版《女生徒》。

一九四〇年——三十一歲

二月　在《中央公論》發表〈越級控訴〉。

四月　出版《皮膚與心》（竹村書房）。

五月　在《新潮》發表〈跑吧！梅樂斯〉。

六月　出版《女人的決鬥》、《回憶》。

十一月　在《新潮》發表〈蟋蟀〉。《女生徒》獲得北村透谷獎第二名。

一九四一年——三十二歲

五月　出版創作集《東京八景》。

六月　長女園子誕生。

七月　出版第一本中篇小說《新哈姆雷特》。

八月　為探望母親，睽違十年後返鄉。

十一月　接到文人徵召令，但以肺病為由免除服役。

一九四二年——三十三歲

一月　在《婦人畫報》發表〈恥〉，在《新潮》發表〈新郎〉。

六月　出版中篇小說《正義與微笑》、《女性》。

十月　在《文藝》發表〈花火〉（後改名為〈日出之前〉），遭到官方檢閱被命令全文刪除。母親病篤，攜妻返鄉。

十一月　出版文藻集《信天翁》。

十二月　接到母親病危的通知隻身返鄉。後母親逝世。

一九四三年——三十四歲

一月　在《新潮》發表〈故鄉〉，在《文學界》發表〈黃村先生言行錄〉。
　　　出版《富嶽百景》。
九月　出版中篇小說《右大臣實朝》。
十月　在《文庫》發表〈作家的手帖〉。

一九四四年——三十五歲

一月　前往熱海的途中，造訪太田靜子。
三月　受邀執筆「新風土記叢書」的一卷「津輕」，從五月至六月旅行津輕各地。
八月　出版《佳日》。長子正樹誕生。
九月　電影《四椿婚事》（《佳日》改編）上映。
十一月　出版《津輕》。

一九四五年——三十六歲

一月　出版《新釋諸國話》。

三月　空襲頻仍，將妻小送回甲府的娘家避難。

四月　三鷹的住所遭到轟炸，前往甲府，在疏散地點與井伏鱒二交遊。

七月　甲府的石原家也遭到燒夷彈攻擊幾乎全毀。偕妻小返回津輕的老家避難。

九月　出版內閣情報局・文學報國會委託執筆的魯迅傳記《惜別》。

十月　在《河北新報》連載〈潘朵拉的盒子〉、出版創作集《御伽草紙》。

一九四六年——三十七歲

四月　在《文化展望》發表〈十五年間〉。大哥文治當選戰後第一屆眾議院議員。

六月　在《展望》發表戲曲〈冬之花火〉。出版《潘朵拉的盒子》。

九月　在《人間》發表戲曲〈春之枯葉〉。

十一月　疏散一年半後終於攜妻小回到三鷹的自宅。

十二月　在《新潮》發表〈親友交歡〉，在《改造》發表〈男女同權〉。出版《薄明》。

一九四七年——三十八歲

一月　在《群像》發表〈砰咚咚〉，在《中央公論》發表〈聖誕快樂〉。

二月　探視太田靜子，並撰寫〈斜陽〉的一、二章。

三月　在《展望》發表〈維榮之妻〉，在《新潮》發表〈母〉。次女里子（津島佑子）誕生。邂逅山崎富榮。

四月　在《人間》發表〈父〉。

七月　在《新潮》連載〈斜陽〉。自七月起健康欠佳在自宅閉門不出。

十月　在《改造》發表〈廚娘〉。

十一月　與太田靜子的女兒出生。命名為治子。

十二月　出版《斜陽》。成為暢銷書。

一九四八年——三十九歲

一月　在《光》發表〈饗應夫人〉。出版《花燭》。上旬咳血。

三月　在《日本小說》發表〈美男子與煙草〉，在《小說新潮》發表〈眉山〉。在《新潮》分載〈如是我聞〉。出版《太宰治隨想集》。開始執筆寫〈人間失格〉。

五月　在《世界》發表〈櫻桃〉。身體極度疲勞，經常咳血。

六月　在《展望》發表〈人間失格〉至「第二手記」的段落。十三日深夜，與山崎富榮在玉川上水投水自殺。桌邊留下預定在《朝日新聞》連載的〈Good-bye〉校正稿與草稿、遺書數封、給孩子們的玩具、留給作家伊馬春部的簽名板等等。十九日，三十九歲當天，發現遺體。二十一日舉行告別式。

七月　十八日葬於三鷹市的禪林寺，追思太宰的集會命名為櫻桃忌，於每年六月十九日舉行。〈Good-bye〉十三篇在《朝日評論》刊出，〈人間失格〉在《展望》連載，而後《人間失格》出版。

八月　《櫻桃》出版。

十一月　《如是我聞》出版。

人間失格

作　　者　太宰治
譯　　者　劉子倩
繪　　者　劉文瑄
封面設計　莊謹銘
排版構成　高巧怡
行銷企劃　蕭浩仰、江紫涓
行銷統籌　駱漢琦
業務發行　邱紹溢
協力編輯　李韻柔
責任編輯　劉文琪
總 編 輯　李亞南
出　　版　漫遊者文化事業股份有限公司
地　　址　台北市103大同區重慶北路二段88號2樓之6
電　　話　(02) 2715-2022
傳　　真　(02) 2715-2021
服務信箱　service@azothbooks.com
網路書店　www.azothbooks.com
臉　　書　www.facebook.com/azothbooks.read
營運統籌　大雁文化事業股份有限公司
地　　址　新北市231新店區北新路三段207-3號5樓
電　　話　(02) 8913-1005
傳　　真　(02) 8913-1056
劃撥帳號　50022001
戶　　名　漫遊者文化事業股份有限公司
初版1刷　2018年05月
初版13刷　2024年01月
定　　價　台幣270元

ISBN　978-986-489-266-2

國家圖書館出版品預行編目 (CIP) 資料

人間失格 / 太宰治著 ; 劉子倩譯. -- 初版. -- 臺北市 : 漫遊者文化出版 : 大雁文化發行, 2018.05
176 面 ; 12.5×17 公分. -- (經典 ; 26)
譯自 : 人間失格
ISBN 978-986-489-266-2(精裝)
861.57　　107006263